Sandra Paretti

Südseefieber

Sandra Paretti

Südseefieber

Printed in Germany

Leuchtturm *Roter Sand*

Kapitän Krüger stand auf der Backbordkanzel der Brücke und sah den Wolken zu, die der Westwind über den blauen Himmel trieb. Die Wolken Hollands, die Wolken seiner Kindheit, so niedrig, daß man glaubte, sie fangen zu können.

Aus dem Innern des Schiffes kam das leise Dröhnen der Motoren, für andere Ohren fast unhörbar, für ihn eine vertraute Stimme. Es entging ihm keine Nuance, kein Wechsel im Rhythmus. Jetzt war es ein leises Vibrieren, später nach dem Lichten der Anker, beim Auslaufen aus Bremerhaven, wenn die Schlepper die *Berlin* weserabwärts zögen, würde es ein zufriedenes Brummen der zwei mächtigen Dampfturbinen werden; draußen im offenen Meer schließlich wird ein Aufatmen durch das Schiff gehen, wird es eintauchen in sein eigentliches Element, seinen Rhythmus finden im Rhythmus der anlaufenden See, die Motoren werden mit voller Kraft drehen und einstimmen in das machtvolle a-Moll des Atlantiks.

Jan Krüger, halb Deutscher, halb Holländer, war ein großer breitschultriger Mann mit einem Seemannsbärtchen im Gesicht. Er strahlte die Ruhe und Wärme eines Menschen aus, der mit seinem Leben zufrieden ist, auch wenn nicht alles so gekommen war, wie er es sich erträumt hatte. Seit vierzig Jahren fuhr Krüger zur See. Auf der *Queen Mary* hatte er sich vom Kadetten zum Offizier hochgedient; auf der *United States* war er als Leutnant neben dem Kapitän der zweite Mann an Bord gewesen. Seit 21 Jahren fuhr er nun als Kapitän auf Kreuzfahrten. Dies würde seine letzte sein. Dann ging er in Pension. Seine Frau drängte ihn schon lange, den Schritt zu tun, aber er hatte ihn von Jahr zu Jahr hinausgezögert.

Dorothy. Immer wenn er an sie dachte, regte sich sein schlechtes Gewissen. Er wußte, wie sehr sie sich darauf freute, ihn bald ganz für sich zu haben, ihm dagegen wurde bange bei der Vorstellung, 365 Tage im Jahr in Hamilton zu sitzen – nur noch Ehemann. Dorothy liebte ihn mehr als er sie, viel mehr. Sie hatte *ihn* geheiratet, nicht er sie, wie das oft so ist bei Männern, die es zu leicht haben bei den Frauen und im entscheidenden Moment nicht wissen, welche die richtige ist. Dorothy überschüttete ihn mit Liebe. Jedes Telefongespräch war ein Gefühlsausbruch. Auf Distanz war das halbwegs erträglich; in den Ferien wurde es bereits zu einer Geduldsprobe, aber wie sollte er das nach der Pensionierung durchstehen. Der Gedanke machte ihm angst. Er würde täglich auf den Golfplatz flüchten, nur um ein paar Stunden Pause zu haben und auszulüften. Tutti von Falkenhayn hatte ihn gewarnt vor Dorothy, drastisch wie es ihre Art war: »Zu viele Gefühle sind für einen Mann wie Prügel für einen Hund. Er läuft dauernd mit schlechtem Gewissen herum.« Weise Tutti. Ihretwegen hatte wahrscheinlich nie ein Mann ein schlechtes Gewissen gehabt. Sie hatte keinen angeschmachtet, sie hatte die Männer schmachten lassen. Und sie fand immer noch Verehrer, obwohl sie bald siebzig war. Aber vielleicht machte er sich unnötig Sorgen, vielleicht war Dorothy im Alltag nicht so anstrengend, wie er fürchtete. Im Grunde hatten sie bisher keine Ehe geführt, sondern nur Urlaube zusammen verbracht. Da hast du dir was Schönes eingebrockt, sagte er sich, das Schwierigste hast du dir für den Schluß aufgehoben – ein Ehemann zu werden.

Die Schiffssirene unterbrach seine Gedanken. Der lange dunkle Ton signalisierte, daß man nun die Gangway einholen würde. Die Sirene war noch nicht verklungen, da ging die Tür auf, und Zahlmeister Stanek kam herein.

Stanek hatte einen Vornamen wie jeder getaufte Christ, aber den kannte niemand, alle nannten ihn nur Stanek. Er war mittelgroß und unscheinbar; man sah ihm nicht an, daß er fast unbegrenzt belastbar war. Nicht einmal in den hektischen Stunden vor Abfahrt des Schiffes gab es Anzeichen dafür, daß Stanek aus der Reserve seiner Nervenkraft schöpfte. Im Gegenteil, je größer der Streß, desto ruhiger wurde Stanek. Wenn alles drunter und drüber ging, wie heute mit den Arabern, entwickelte er die wunderbare Fähigkeit, im voraus zu ahnen, wo sich eine Katastrophe anbahnte, egal ob im Laderaum, in der Küche oder am Swimmingpool – und sie in letzter Sekunde zu verhindern.

Kapitän Krüger sah Stanek fragend an: »Alles unter Kontrolle?«

Stanek blies die Backen auf und stieß die Luft aus: »Was heißt unter Kontrolle. Der Laderaum ist ein Falkenhof. Und vom Gepäck reden wir lieber nicht, zwanzig Koffer, richtige Schiffskoffer, wie man sie sonst gar nicht mehr hat.«

Krüger lachte: »Das Gepäck ist unbegrenzt.«

»Gepäck schon, aber Jagdfalken, läuft das auch unter Gepäck?«

»Haben Sie Scheich Mehmed die Safes in den Kabinen gezeigt?«

»Ja, aber er möchte nichts deponieren.«

»Und wenn etwas wegkommt?«

»Er hat Leibwächter. Und er behauptet, seine Leibwächter hätten bisher noch jeden Dieb erwischt, bevor er auch nur eine Dollarnote klauen konnte.« Stanek griff in die Jackentasche. »Wenn der Scheich Dollarnote sagt, meint er so was.« Er hielt Käptn Krüger eine 500-Dollarnote hin. »Nicht schlecht, was. Der Scheich nannte es eine kleine Aufmerksamkeit, und ich sagte, ein Trinkgeld von der Größe nähme ich nur mit Autogramm, denn ich hätte keine Lust, von seinen Leibwächtern über Bord geworfen zu werden.« Stanek steckte den Geldschein wieder zu sich.

»Wie viele Leibwächter sind es eigentlich?«

»Zwei. Aber die diversen Diener scheinen mir auch

scharf zu sein.«

»Haben Sie die Passagierliste mitgebracht? Ich würde sie gern mit Ihnen kurz durchgehen.«

»Tut mir leid, aber wir sind noch nicht komplett. Es gibt immer wieder Leute, die glauben, auf ein Schiff kann man im letzten Moment aufspringen wie auf eine U-Bahn.«

Man wollte gerade die Gangway wegnehmen, als ein hupendes Taxi auf dem Columbus Kai auftauchte. Mit quietschenden Bremsen hielt es bei der *Berlin*, und Petra Koch sprang heraus. »Wartet«, rief sie den Männern an der Gangway zu, »wartet doch.« Während Irene den Taxifahrer bezahlte, nahm Petra ihr Gepäck aus dem Kofferraum und rannte zur Gangway. »Wir sind ja schon da!«

Der Erste Offizier, der oben an der Gangway stand, schluckte. Eine Rothaarige, ich werd' verrückt, eine Rothaarige, und was für eine. Er gab den Männern ein Zeichen zu warten.

Atemlos kam Petra die Gangway herauf. Sie schleppte einen Koffer und eine große Reisetasche. Sie war Anfang Dreißig. Das rote Haar flog im Wind, unter dem feinen Leder ihrer roten Jacke zeichneten sich deutlich die Brüste ab. Stefan hatte einen Blick dafür, sie trug keinen BH. Er setzte die Mütze etwas tiefer in die Stirn und machte sein Dienstgesicht. »Willkommen an Bord. Das war knapp.«

Petra tat erstaunt: »Sind wir die letzten?«

»Wir dachten, daß Sie nicht mehr kommen. Sie sind seit einer Stunde überfällig. Wir haben Ihre Kabine vergeben, tut mir leid.«

»Wie war das?« Petra stellte den Koffer ab und ließ die Reisetasche direkt vor Stefans Füße plumpsen. »Sie haben unsere Kabine weggegeben?«

»Tut mir leid, jemand von der Warteliste. Wir waren überbucht.«

»Aber…«

»Wie ich schon sagte, Sie sind seit einer Stunde überfällig, aber vielleicht finden wir eine Lösung. Könnte sein, daß der Erste Offizier seine Kabine abtritt.«

Bei Petra fiel der Groschen. »Der Erste Offizier, so so. Ich nehme an, das sind Sie.«

Stefan lächelte so unverschämt, wie ihm zumute war, und stellte sich vor. »Stefan Hansen, zu Ihren Diensten, und für Sie einfach Stefan.«

Sie nahm seine Hand. »Petra Koch aus Berlin. Für Sie einfach Petra.« Sie machte eine kleine Pause »Und wo würden Sie schlafen, wenn ich auf Ihr Angebot zurückkäme? Auf einem Deckstuhl?«

»Ich würde in Ihrer Nähe bleiben, immer zu Ihren Diensten.«

Inzwischen kam auch Irene die Gangway herauf. Sie war im gleichen Alter wie ihre Freundin Petra, eine hellhäutige Blondine, kaum geschminkt. Der dicke rosa Kaschmirschal, Jeans, ein weiter Trenchcoat und eine große Patchworktasche verrieten Modegeschmack.

Der Chefsteward war herbeigeeilt, um die beiden Nachzüglerinnen in Empfang zu nehmen.

Stefan zwinkerte ihm zu »Wir bringen die beiden Damen selbst zu ihrer Kabine.«

Die Männer nahmen das Gepäck und gingen voran. Petra und Irene folgten ihnen. Petra flüsterte Irene zu: »Sieht unverschämt gut aus, dieser Stefan, nicht wahr?«

»Stefan, welcher Stefan?«

»Der Erste Offizier.«

»Du weißt schon seinen Vornamen, das geht aber schnell.«

»Er hat mir seine Kabine angeboten, falls ich Bedarf haben sollte.« Petra liebte es, Dichtung und Wahrheit zu vermischen.

»Sag mal, eben noch im Taxi hast du geschworen, du willst nichts mehr mit Männern zu tun haben, du hättest sie satt.«

»Hab' ich auch. Die Berliner. Ein Berliner kriegt bei mir

nie mehr den Fuß zwischen die Tür. Stefan ist ein Seefahrer, das ist was anderes, oder.«

»Ein Seefahrer, das ist allerdings was anderes. Aber du als Matrosenliebchen? Zu Hause hocken und warten?«

»Ach was, wenn ich wieder in Berlin bin, hab' ich den doch schon lange vergessen.«

Irene und Petra waren seit Jahren befreundet. Beide arbeiteten im *Kaufhaus des Westens* – in Berlin kurz KaDeWe genannt – Petra in der Parfümerie, Irene als Dekorateurin. Es war eine wirkliche Freundschaft, vielleicht gerade weil sie beide so verschieden waren. Jede hatte Eigenschaften, die der anderen fehlten. Petra bewunderte Irenes Beständigkeit, und Irene hätte gern etwas von Petras Leichtsinn gehabt, vor allem wenn es um Männer ging.

230 und 232 waren geräumige Außenkabinen mit großen Fenstern und Doppelbetten, und sie hatten eine Verbindungstür. Max Leupold, ein vermögender Geschäftsmann – Holzimport und Export – war Witwer. Er hatte seine neunjährige Tochter Gaby mitgenommen auf die Reise und deren Privatlehrerin Monique. Während Max Leupold und Monique auspackten, lief Gaby, ihren großen Pink Panther im Arm, hin und her, verglich die Bildqualität der Fernseher und konnte sich nicht entscheiden, ob sie ein Madonna-Video anschauen sollte oder Charlie Brown.

Als Max Leupold seine Sachen in Schrank, Kommode und Bad verstaut hatte, wollte er Gaby bei ihrem Koffer helfen, aber sie hinderte ihn daran. »Meine Sachen kommen zu Monique.« Max Leupold war erstaunt. »Ich dachte, wir zwei...« Sie schüttelte eigensinnig den Kopf.

»Ich schnarche nicht, Ehrenwort.«

»Nicht deswegen.« Sie stockte, sie hatte sich die kleine Rede, die jetzt folgte, genau zurechtgelegt. »Es sind deine Ferien, du brauchst Ruhe, du hast seit zwei Jahren keinen Urlaub mehr gehabt.«

Max Leupold legte den Arm zärtlich um seine Tochter:

»Du hast vollkommen recht, meine kleine Krankenschwester, aber Monique will sicher auch mal allein sein. Auch für sie sind es Ferien.«

Gaby senkte den Blick und schwindelte: »Ich hab's Monique aber schon versprochen…«

»Ja dann…« Es klang enttäuscht, und Gaby sagte tröstend: »Du kannst Pinky haben, dann bist du nicht allein.«

»Schon gut.« Max Leupold fuhr Gaby übers Haar, nahm ihren Koffer und brachte ihn nach nebenan. »Meine Tochter hat sich für Sie entschieden. Ich hoffe, es ist Ihnen wirklich recht, daß Gaby bei Ihnen schläft.«

»Selbstverständlich.« Monique hatte einen schwarzen Badeanzug in der Hand und wußte nicht wohin damit. »Wir werden uns schon vertragen. Das Bett ist so groß, darin hätte eine ganze Familie Platz.«

Er lächelte, nickte und ging wieder. So war das immer, mehr als zwei Sätze an einem Stück wurden es selten zwischen Monique und Max Leupold.

Er war der rücksichtsvollste und gleichzeitig der schüchternste Mann, der Monique je begegnet war. Manchmal hatte sie den Eindruck, er hätte noch gar nicht registriert, daß sie eine junge Frau war. Es mußte mit dem Tod seiner Frau zusammenhängen. Er hatte einen Knacks. Monique kannte diesen Zustand aus eigener Erfahrung. Sie hatte sich ihren Knacks von einer heimlichen Liebesgeschichte mit einem verheirateten Mann geholt. Er hatte an der gleichen Schule unterrichtet, niemand durfte etwas merken, nicht einmal ins Kino konnten sie gemeinsam gehen. Nach fünf Jahren Versteckspiel war sie ein Nervenwrack. Sie ließ sich auf unbegrenzte Zeit beurlauben und nahm die Stellung bei den Leupolds als Privatlehrerin an, im gottverlassenen Furth im Wald.

Zwei Leute mit einem Knacks, nach den Regeln der Mathematik, daß minus und minus plus ergibt, müßte es zwischen uns irgendwann mal funken, dachte sie, und es war nicht das erstemal, daß sie sich dabei ertappte, über Max

Leupold nachzudenken.

Gaby hatte die Tür hinter ihrem Vater geschlossen. Sie setzte sich aufs Bett. »Monique, ich muß mit dir reden.« Monique, die vor der Kommode kniete, blickte über die Schulter.

»Ich höre.«

»So geht es nicht, setz dich zu mir... es ist was Ernstes.«

»Was Ernstes?« Monique setzte sich zu Gaby »Schieß los, was hast du auf dem Herzen?«

»Ich möchte, daß Vati wieder heiratet. Zu Hause hat das nie geklappt. Oma vertreibt jede. Deshalb habe ich gedacht, ich muß auf dieser Reise eine Frau für ihn finden. Aber allein schaff ich es nicht, du mußt mir helfen.«

Monique nickte. In dem knappen Jahr, seit sie Gabys Privatlehrerin war, hatte sie schon einige Überraschungen erlebt.

»Natürlich helfe ich dir, aber ob es so einfach geht, wie du denkst. Die meisten Frauen, die auf so eine Kreuzfahrt gehen, sind verheiratet.«

»Nein, nein, es gibt viele Frauen, die einen Mann suchen. Ein paar sind sicher an Bord.«

»Wie soll sie denn sein, blond?«

Gaby protestierte vehement. »Niemals blond. Sie muß unbedingt dunkles Haar haben. Weißt du, ich möchte, daß sie so aussieht, daß sie meine Mutter sein könnte. Und nicht zu groß. Auch mit hohen Absätzen muß sie kleiner sein als Vati.« Sie sah Monique an. »Wie groß bist du?«

»Einssechzig.«

»Das ist ideal.« Gaby musterte Monique ungeniert. »Du hättest auch die richtige Haarfarbe – aber es geht nicht mit dir, du bist zu gescheit.«

Monique verbiß sich ein Lachen. Gaby war sehr empfindlich. Sie reagierte mit Wutausbrüchen, wenn sie sich nicht ernst genommen fühlte.

»Aber du willst doch keine dumme Frau für deinen Vater.«

»Nein, das nicht, aber man darf ihr nicht ansehen, daß sie gescheit ist. Mein Vater hat nicht studiert. Mein Vater hat nur geerbt.«

»Dein Vater ist ein Experte in Edelhölzern, das ist eine Wissenschaft, sag ich dir. Und er ist ein guter Kaufmann, auch dazu braucht man Köpfchen.«

»Aber er macht Rechtschreibfehler. Bei schwierigen Worten muß er im Duden nachschauen. Meinst du, wir finden eine, die zu ihm paßt?«

»Na ja, es liegt nicht nur an uns. Er muß auch einverstanden sein.«

»Wenn sie mir gefällt, gefällt sie auch ihm.«

Monique war versucht, die Brille abzunehmen und Gaby zu fragen, ob sie ohne Brille weniger gescheit aussähe, aber sie hatte plötzlich Hemmungen. Sie stand auf. »Komm, jetzt packen wir deinen Koffer aus.«

»Ich möchte heute abend das Organdykleid anziehen.«

»Das wird aber zerknautscht sein.«

»Dann bügeln wir es eben. Der Steward hat gesagt, auf jedem Deck gibt es eine Bügelstube.«

In Kabine 327 lief Musik; sie kam aus dem Recorder und war ein Eigenverschnitt aus allen möglichen Schlafzimmersongs von Donna Summer bis zu Gainsborough & Tochter. Jürgen Kling hatte das Band mit viel Sorgfalt für diese Kreuzfahrt zusammengestellt, die nach sieben Jahren als verspätete Hochzeitsreise gedacht war. Jürgen besaß ein kleines, gut florierendes Taxi-Unternehmen – sechs Personenwagen und ein Ausflugbus – in Frankfurt am Main; er hatte es zusammen mit seiner Frau Maja aufgebaut. Sie hatten alles andere zurückgestellt, er war rund um die Uhr gefahren, und Maja hatte die Zentrale gemacht. Diese Kreuzfahrt sollte die Belohnung sein für alles, auf das sie verzichtet hatten, Hochzeitsreise, Ferien, Kinder. Jürgen hatte beschlossen, der beste Anfang für die Reise wäre ein Champagner-Schäferstündchen.

Maja war noch im Bad. Wenn sie aus der Wanne stiege, würde sie merken, daß er alle Tücher und auch den Bademantel weggenommen hatte. Feucht sollte sie sein, wenn er sie in die Arme nahm.

Jürgen stand vor dem Schrankspiegel und zerrte an dem Lederschnürchen des winzigen getigerten Tangas. Die zehn Stunden unter der Höhensonne hatten sich gelohnt, und auch das Training mit dem Expander. Wenn er so weitermachte, würde noch ein Rocky aus ihm. Er schloß den Schrank und öffnete die Champagnerflasche, die in einem Eiskübel bereitstand.

Die Vorstellung, seine eigene Frau zu verführen, erregte ihn mehr, als er erwartet hatte. Andächtig füllte er zwei Gläser.

Die Tür des Badezimmers ging auf. »Da sind keine Tücher...« Maja stand nackt dort, das weiße Neonlicht des Badezimmers machte die Konturen weich. Sie war langbeinig und schmalhüftig. Bis zur Taille hatte sie die Figur eines mageren Jünglings, aber dann waren da plötzlich umwerfende Brüste, voll und fest wie bei einer Siebzehnjährigen. Ihr Gesicht hatte etwas Mädchenhaftes, herb, lebendig. Sieben Jahre war er ihr Mann, und doch hatte er dieses Gesicht, diese Augen, diesen Mund nie ganz gelöst, nie voller Leidenschaft gesehen.

»Komm her zu mir.«

»Ich bin ganz naß.«

»Komm her.«

Sie gehorchte zögernd, den Kopf leicht gesenkt. Er zog sie auf das Bett »Ich habe die Tücher weggenommen. Ich wollte, daß du naß bist.«

Sie wurde steif. »Ich will unbedingt bei der Abfahrt an Deck sein.«

»Eine Kapelle spielt einen Marsch, das ist alles, dann ziehen Schlepper das Schiff aus dem Hafen.«

»Es ist meine erste Schiffsreise, ich will es sehen.« Sie versuchte ihm zu entschlüpfen. Er hielt sie mit der rechten

Hand fest und griff mit der linken nach dem Champagnerglas.

»Jetzt trinken wir erst mal was, schließlich sind wir auf unserer Hochzeitsreise.« Er goß den Champagner über sie, und sie schrie auf: »Laß das, ich mag das nicht.« Sie stieß ihn weg.

»Dageblieben.« Er verlor die Balance. Beim Versuch, sich aufzufangen, zerschlug er das Glas an der Bettkante und schnitt sich in den Handballen. Die Wunde war tief und blutete stark. Jürgen fluchte.

Maja erschrak. »Du meine Güte, das blutet ja wie verrückt.« Sie zog schnell das breite Elastikband vom Kopf und wickelte es um Jürgens Hand. »Komm mit ins Bad, ich muß die Wunde desinfizieren.«

Sie stiegen auf der Seite aus dem Bett, wo keine Scherben lagen. Bis sie im Bad waren, tropfte das Blut bereits durch das Band. Über dem Waschbecken goß Maja ein Desinfektionsmittel über die Wunde. Erst jetzt, im hellen Licht, sah sie, wie tief der Schnitt war. »Das muß genäht werden, verbinden nützt da nichts, du mußt ins Spital, vielleicht sind Splitter drin. Halt die Hand hoch, ich will versuchen sie abzubinden.«

Jürgen hatte bisher keinen Ton von sich gegeben, jetzt begann er zu fluchen. »Deine verdammte Ziererei, nur deswegen ist es passiert. Hättest du normal reagiert – aber du reagierst ja nie normal.«

Maja, die in der Hausapotheke nach einer Bandage suchte, blickte nicht einmal auf. »Ich bin wieder mal schuld.«

»Du bist einfach nicht normal«, wiederholte Jürgen gehässig, während Maja die Bandage anlegte, »nicht normal, nicht normal.«

Plötzlich hatte Maja genug. »Es reicht«, unterbrach sie ihn scharf. »Eine normale Frau hätte sich schon längst von dir scheiden lassen. Wir hätten lieber zum Anwalt gehen sollen und die Scheidung einreichen, als diese Kreuzfahrt machen.« Wie immer, wenn sie mit Scheidung drohte, wurde Jürgen kleinlaut. Er lenkte sofort ein. »Entschuldige, so war's nicht gemeint.« Maja befestigte die Bandage »Halt die Hand hoch.« Sie machte aus einem Schal eine Schlinge.

»Du wärst eine prima Ärztin geworden«, murmelte er. Aber sie war nicht versöhnlich gestimmt: »Wegen dir habe ich das Studium aufgegeben. Ich kann wirklich nicht normal sein. Ich hatte schon das Physikum in der Tasche, und dann werfe ich alles hin. Wegen dir habe ich mein ganzes Leben verpfuscht.«

»Bitte Maja –«

»Du hast ja recht, eine normale Frau hätte das nie getan. Normale Frauen sind nicht so dumm.«

»Vergiß das blöde Wort, bitte, es war nicht so gemeint.«

Sie stand wortlos auf und begann sich anzuziehen.

Das Hospital befand sich auf dem B-Deck, und sie verliefen sich zweimal, bis sie es fanden. Sie waren nicht die einzigen, die ärztliche Hilfe brauchte. Ein alter Herr hatte sich den Fuß verstaucht, einem Küchenjungen war kochendes Fett ins Auge gespritzt, und ein Rollstuhl-Passagier hatte Probleme mit dem Kreislauf. Die Schwester in der Aufnahme nannte das einen ruhigen Anfang. Während sie Jürgens Personalien aufnahm, kam ein Telefonanruf. Die Schwester nahm den Hörer ab. »Tut mir leid, ich kann Sie nicht mit Dr. Becker verbinden. Er hat einen Patienten. Ja, ich richte es Dr. Becker aus.«

Maja, die in einer Illustrierten blätterte, hielt inne. Dr. Becker. Es war immer dasselbe, wenn sie den Namen Bekker hörte, fing ihr Herz zu hämmern an. Toni Becker, ihre große Jugendliebe, so was saß tief. Dummes Ding, sagte sie sich, dieser Dr. Becker hinter der weißen Tür dort ist wahrscheinlich ein feiner älterer Herr mit weißem Haar und einem dunklen Punkt in der Vergangenheit. Und *mein* Becker ist längst verheiratet und hat mich vergessen.

Jürgen spürte Majas Unruhe. »Geh an Deck und schau dir die Abfahrt an. Das hier dauert sicher noch eine Weile.«

»Nein, nein, ich bleibe.«

»Lieb von dir, aber –«, er kam näher, »ich muß heute vorsichtig sein mit dem, was ich sage.«

Sie sah ihn an.

»Du wolltest sagen lieb aber blöd.« Sie lächelten sich an. Jürgen war auf attraktive Weise häßlich. In seinen Zügen mischten sich Sinnlichkeit, Brutalität und ein naiver Optimismus. Der schwarze Lacoste Trainingsanzug stand über der Brust offen. Alle ihre Freundinnen beneideten sie um diesen Mann; ihre Eltern liebten ihn.

Die Tür des Sprechzimmers öffnete sich; ein Rollstuhl wurde sichtbar, ein älterer Herr, in einer Schottenjacke, und dann der Mann im weißen Kittel. Maja hatte das Gefühl, ihr Herz setzte aus.

Toni. Der blonde Haarschopf, zerzaust wie immer, die Augen nachdenklich wie immer, die Schultern leicht nach vorne gezogen wie immer.

Sie senkte den Kopf und wandte sich ab, und verharrte so, bis sie sicher sein konnte, daß er wieder im Sprechzimmer verschwunden war. Nachdem die Tür sich geschlossen hatte, stand sie auf und sagte zu ihrem Mann: »Ich glaube, ich geh' doch mal nach oben.« Jürgen sah sie an und küßte sie. »Mach keine Dummheiten.«

Die Gangway war verschwunden. Die *Berlin* hatte abgelegt, und vier Schlepper zogen sie aus dem Hafen. Am Pier spielte eine Blaskapelle die letzten Takte von *Muß i denn, muß i denn zum Städtele hinaus.* Die Passagiere auf den Decks winkten mit Taschentüchern und Schals, und dann, nachdem die Musik verklungen war, kam vom Schiff die Abschiedssirene, *Schiff geht auf große Fahrt*, drei lange, dunkle Töne, deren Schwingungen die Luft erzittern ließen und den Menschen ans Herz griffen, ohne daß sie wußten, woher diese plötzliche Rührung kam. Die Schlepper antworteten mit demselben Signal, mit drei langen, dunklen Tönen.

Maja fühlte sich wackelig und setzte sich in einen Deckchair. Ein Steward brachte ihr eine Decke und legte sie ihr um die Schultern. Ein Passagier in einem englischen Trenchcoat und einer Pfeife sprach sie an, aber Maja reagierte so frostig, daß er schnell weiterging.

Jetzt kamen wieder Schritte, und Maja sah eine dünne alte Dame in einem hellen knöchellangen Wollmantel. Um den Kopf hatte sie ein silbergraues Tuch, das wie ein Turban geschlungen war. »Sie haben da ein schönes windgeschütztes Eckchen«, sagte sie mit dunkler verrauchter Stimme. »Ich hoffe, es stört Sie nicht, wenn ich mich zu Ihnen setze.« Sie streckte Maja die Hand hin: »Tutti von Falkenhayn.«

»Maja Kling.«

»Mein Gott, Ihre Finger sind ja wie Eis.« Sie sah Maja forschend an. »Und ein Gesicht machen Sie, als hätten Sie ein Gespenst gesehen.«

»Hab' ich auch«, hörte Maja sich antworten.

Tutti von Falkenhayn nickte. »Das kann nur ein Mann sein, stimmt's? Die Gespenster im Leben einer Frau sind immer Männer. Also erzählen Sie mir von Ihrer alten Liebe.«

»Woher wissen Sie –«

»Ach, mein Kind, ich war auch mal jung. Ein romantischer Treffpunkt, so ein Schiff.«

»Ich wollte ihn nicht treffen«, sagte Maja sich unversehens verteidigend. »Wir haben vor acht Jahren Schluß gemacht. Ich habe nie mehr was von ihm gehört. Wenn ich gewußt hätte, daß er auf diesem Schiff ist, wäre ich nie an Bord gegangen.«

Tutti legte die Hand auf Majas Arm. »Ist es so schlimm?«

»Ich bin total durcheinander. Ich weiß nicht, wie ich mich verhalten soll.«

»Wie hat er denn reagiert?«

»Überhaupt nicht. Er weiß es noch nicht.«

»Soll das heißen, Sie haben ihn gesehen, ohne daß er Sie erkannt hat – wie romantisch, beneidenswert, ich werde so etwas nie mehr erleben. Ich bin alt. Meine Jugendlieben gibt es nicht mehr. Die Männer haben die üble Angewohnheit, vor uns zu sterben.«

»Was soll ich bloß tun, wenn ich ihm begegne.«

»Ist es ein Passagier oder jemand vom Schiff?«

»Er ist der Schiffsarzt.«

»Toni Becker?«

»Sie kennen ihn?«

»So einen Mann übersehe ich nicht. Nicht mal wenn ich blind wäre.« Der Decksteward brachte auch Tutti von Falkenhayn eine Decke. Nachdem sie eingewickelt war, lehnte sie sich mit einem Seufzer zurück und nahm das Gespräch wieder auf. »Sie tragen einen Ehering, wo ist Ihr Mann?«

»An Bord.«

»Sternzeichen?«

»Schütze.«

»Und Sie?«

»Zwilling.«

»Wie lange sind Sie verheiratet?«

»Genau sieben Jahre – das ist unsere verspätete Hochzeitsreise.«

»Und da sitzen Sie allein auf Deck herum? Wo steckt er?«

»Er hat sich mit einem Champagnerglas in die Hand geschnitten.«

»Ich kann mir die Szene vorstellen. Männer sind so rührend, stimmt's. Und jetzt ist er bei Dr. Becker. Ich kann verstehen, daß Sie durcheinander sind. Die Situation ist nicht einfach.«

Tutti von Falkenhayn lachte leise.

»Sagen Sie mir, was ich tun soll.«

»Auf jeden Fall sollten Sie sich fürs Abendessen ganz besonders schön machen. Dr. Becker wird im Speisesaal sein. Er sitzt am Tisch des Kapitäns. Kommen Sie ein bißchen zu spät, nicht viel, nur ein bißchen, bevor man anfängt zu essen – dann muß er sie sehn.«

»Und was sage ich meinem Mann?«

»Ach ihr jungen Frauen – nichts sagen Sie ihm. Wenn Sie reden, ist die Sache vorbei, bevor sie angefangen hat. Das wäre doch schade. Wenn das Schicksal eine Sache so hübsch einfädelt, oder.«

»Er wird es merken.«

»Dummes Zeug, nichts merkt er. Es geht ihn auch nichts an.« Tutti wickelte sich aus der Decke »Kommen Sie, mein Kind, wir gehen nach vorn, gleich sind wir bei den Leuchttürmen.«

Die *Berlin* hatte den Hafen verlassen und wurde nicht mehr von den Schleppern gezogen. Allmählich gewann sie an Fahrt. Nach dem *Container Terminal* war links und rechts von der Wesermündung nur noch flaches Land. Dann kamen die Leuchttürme, zuerst der Leuchtturm *Hoher Weg*, dann der Leuchtturm *Alte Weser* und schließlich, das Land war schon nicht mehr zu sehen, der Leuchtturm *Roter Sand* mit seinen gefürchteten Sandbänken, an denen schon manches Schiff gestrandet war.

Dodo die Sängerin und ihr Freund Saki, der auf der *Berlin* als Kabinensteward arbeitete, hatten gemeinsam auf dem Schiff angeheuert. Ein exotisches Pärchen, sie Kreolin, er Marokkaner, sie dreißig, er zweiundzwanzig, sie durchtrieben, er naiv und nicht gerade intelligent. Arm in Arm standen sie an der Reling des Hauptdecks und schmiedeten Zukunftspläne. Eine Piano Bar in Nassau spukte in Dodos Kopf. Jahrelang wartete sie schon auf so eine Gelegenheit, jetzt stand eine zum Verkauf. Gestern hatten sie noch nicht gewußt, woher das Geld nehmen, jetzt schien ihr, als böte das Schicksal selbst eine Lösung an: Scheich Mehmed war an Bord, einer der reichsten Männer der Welt. Sie kannte ihn von St. Moritz, er hatte im Palace gewohnt, und sie hatte in der Bar gesungen. Scheich Mehmed hatte die Angewohnheit, große Trinkgelder zu geben. Zu diesem Zweck stand immer ein kleiner Krokokoffer in seinem Zimmer, gefüllt mit großen Dollarnoten.

Von diesem Koffer erzählte Dodo ihrem Saki, während die *Berlin* an den Leuchttürmen vorbeizog, und Saki verstand sofort, was sie damit sagen wollte.

»Das Geld könnten wir brauchen.«

Sie verschlang ihre Finger mit seinen. »Das dachte ich mir auch.«

»Ich bin auf dem Promenadendeck eingeteilt, es ist ganz einfach für mich, an den Koffer zu kommen. Zweimal am Tag wechsle ich die Badetücher.«

Dodo erschrak. »Nichts wirst du tun, sie haben Leibwächter.«

»Ich bin schneller.«

»Du bist ein dummer Junge, ich werde den Plan machen, und du wirst nur tun, was ich dir sage, hast du verstanden. Ich möchte nichts riskieren. Wir haben Zeit genug, den idealen Moment abzuwarten.« Sie dachte nach. »Vielleicht gibt der Scheich mal eine Cocktailparty – wir werden ja sehen, auf jeden Fall darfst du nichts unternehmen ohne mein Wissen.«

Die *Berlin* drehte langsam auf westlichen Kurs und folgte weit seewärts den ostfriesischen Inseln. Im Westen stand die untergehende Sonne. Der Horizont war gelbes Gold, das Meer grünschwarze Tinte.

Dodo fröstelte und schmiegte sich fest an ihren Saki.

In Kabine 226 herrschte ein Tohuwabohu. Petra hatte den Inhalt von Koffer und Tasche über Bett, Sessel und Boden verstreut. Sie behauptete, sie räumte auf, aber das Durcheinander wurde immer größer.

Halb nackt, nur im Slip, wühlte sie in ihren Sachen. Endlich fand sie, was sie suchte. Sie zerrte einen Fummel mit Pailletten aus dem Koffer und hielt ihn vor sich hin. »Hab' ich gestern noch gefunden. Ein Vorführmodell, zum halben Preis.« Petra stieg hinein und zerrte das enge Ding über Hüften und über den Busen. »Schau mal, Irene. Was sagst du, scharf, was.«

Irene klappte ihren leeren Koffer zu. »Zu klein, viel zu klein.«

»Das mögen die Männer«, Petra schaute sich im Spiegel an. »Das muß so sein.«

»Dann schau dich mal von der Seite an.«

»O. k., das Bäuchlein müßte weg – aber die Männer schauen sowieso mehr auf den Po, und auf das da.« Petra ließ ihre Brüste hüpfen. Sie drehte sich selbstverliebt vor dem Spiegel. »Ich sage dir, wenn ich in dem Ding durch den Speisesaal gehe, wird's still. Die Männer schlucken – und die Frauen giften sich. Ich hoffe, du hast auch ein paar heiße Sachen dabei. Vor allem, zieh den Ehering ab – jetzt bist du seit drei Jahren Witwe, und immer noch trägst du das blöde Ding.«

»Fang nicht schon wieder an. Ich habe meinen Mann geliebt. Dieser Ring da gehört zu mir. Ich mache die Kreuzfahrt nicht zum Männerfang. Ich hab's nicht eilig mit dem Heiraten.«

»Wer redet vom Heiraten. Amüsieren sollst du dich.« Petra stieg aus dem smaragdgrünen Paillettenkleid. »Weißt du schon, was du anziehst?«

»Vielleicht einen schwarzen Pulli mit einer Seidenhose.«

»Bist du noch zu retten, schwarz macht bleich. Vorhin hattest du was Lachsfarbenes in der Hand. Wie ist es mit dem. Ich in Smaragdgrün, du in Lachs – und schon sind wir die Paradiesvögel der ersten Stunde.«

»Das Lachsfarbene ist rückenfrei.«

»Um so besser. Zeig deine Marmorhaut. Und beim Schminken die Augen betonen, so wie du's bei den Schaufensterpuppen machst, die sind Spitze.«

»Ich denk' nicht dran, als Schaufensterpuppe rumzurennen.«

»Ich schminke dich, daß du aussiehst wie Greta Garbo.«

Irene lachte »Greta Garbo – dazu brauch' ich bloß 'ne große Sonnenbrille.«

»Ich meine die junge Garbo mit diesen göttlichen Augen; aber diese Augen waren nur göttlich, weil sie richtig geschminkt waren.«

»O. k., wenn du eine Greta Garbo aus mir machen willst, bitte sehr.« Irene nahm ihre Kosmetiktasche. »Ich nehme erstmal ein Bad. Und bitte räum auf, in so einem Verhau halt ich es nicht aus.«

»Na gut, wenn du mich rauswirfst, schlüpf' ich bei Stefan unter.«

So sehr Kapitän Krüger Geselligkeit liebte, am ersten Abend erschien er nie zum Diner im Speisesaal; er blieb dort, wo der Käptn in dieser Phase der Reise seiner Ansicht nach hingehörte, auf der Brücke. Im Speisesaal ließ er sich durch einen seiner Offiziere vertreten, und heute hatte er diese Aufgabe dem Schiffsarzt Dr. Toni Becker übertragen.

Toni Becker machte seine Sache als Gastgeber gut, was nicht schwer war mit Tutti von Falkenhayn als Tischdame.

An dem runden Tisch saßen zehn Leute: Ricardo und Tita Lütjens, die in Argentinien eine Pferdezucht betrieben; Alpha Skolbe, der Eishockeytrainer war und wie seine Frau Elisabeth aus Lettland stammte; das Ehepaar Hann, das in Stuttgart und Karlsruhe Möbelgeschäfte besaß; und als strahlender Mittelpunkt die platinblonde Cherry Caroll, Revue- und Fernsehstar mit internationalem Terminkalender, wie immer in Begleitung von Ehemann und Manager Erik Sekowitsch.

Tutti von Falkenhayn verstand es meisterhaft die Unterhaltung in Schwung zu bringen, sie inszenierte ein astrologisches Ratespiel – »Wer ist unter welchem Sternzeichen geboren – ein unfehlbares Mittel, um auch die frostigste Gesellschaft aufzutauen. Sie richtete den Blick auf Ricardo Lütjens, den Deutschargentinier und Pferdezüchter: »Ich mach' bei Ihnen den Anfang, aber bitte antworten Sie nicht, kein Ja, kein Nein, nichts, die andern sollen ja auch raten, haben wir uns verstanden?«

»Ich werde schweigen wie ein Grab.«

»Gut. Sie sind ein Fisch. Was meinen die anderen dazu?« Und schon passierte das, was Tutti von Falkenhayn beabsichtigt hatte, alle redeten durcheinander. Sie hob die Hände. »So geht's nicht, einer nach dem andern, bitte, Cherry, Sie sind dran.«

»Ich sage, er ist ein Stier.«

»Niemals«, mischte sich Erik Sekowitsch ein. »Er sieht aus wie Beethoven, also ist er ein Fisch.«

»Beethoven war Steinbock.«

»Weder Fisch noch Steinbock, er war Schütze, sein Geburtstag ist am 17. Dezember.«

»Also, was stimmt nun?«

»Die Baronin hat recht, ich bin ein Fisch.«

Tutti von Falkenhayn lächelte. »Fische sind meine Spezialität, da irre ich mich selten.« Sie deutete auf Frau Hann. »Jetzt eine Dame, mein Tip, Sie sind eine Löwefrau.« Frau Hann kicherte und wollte schon mit der Antwort herausplatzen, aber ihr Mann verhinderte das im letzten Moment »Nichts verraten, Hilde.«

So ging das weiter. Unwillkürlich schuf das Ratespiel eine gewisse Intimität. Man hatte das Gefühl, schon ewig miteinander befreundet zu sein. Zuletzt kam Dr. Becker, der Schiffsarzt, an die Reihe. Tutti von Falkenhayn hob die Hand. »Bei Toni darf ich nicht mitmachen, ich weiß es nämlich.«

Toni Becker war erstaunt: »Sie wissen?«

Tutti lächelte vielsagend und flüsterte ihm zu: »Ich weiß noch mehr von Ihnen, in einem bestimmten Punkt mehr als Sie selber.«

»Irgendwas mit Hörnern«, riet Tita Lütjens.

Cherryl Caroll war anderer Meinung. »Eine Waage mit viel Venus, Ärzte und Schauspieler sind oft Waage.«

Jürgen und Maja Kling hatten den Speisesaal betreten; sie warteten an der Tür, bis ein Steward frei war und sie zu ihrem Tisch führte. Als sie am Tisch des Kapitäns vorbeikamen, blieb Jürgen stehen. »Moment mal, da ist mein Arzt.« Toni Becker erhob sich und begrüßte Jürgen. »Wie geht's mit der Hand, Schmerzen?« »Überhaupt nicht, ich komme mir bloß wie ein einarmiger Bandit vor. Darf ich Ihnen Maja vorstellen, meine Frau.« Maja gab Toni Becker stumm die Hand. Sie war so aufgeregt, daß sie keinen Ton herausbrachte. Toni Becker murmelte: »Angenehm.« Es klang so gleichgültig, daß Maja erschrak. Er hat mich nicht erkannt, dachte sie, er hat mich einfach vergessen. Doch dann hörte sie ihn sagen: »Kommen Sie doch später in die Bar, wir haben eine gute Kapelle. Tanzen kann man auch mit einem Arm. Aber ich könnte ja auch einspringen.«

Maja sah, wie Tutti von Falkenhayn ihr zuzwinkerte, und sie fühlte, wie ihr heiß wurde.

»Wir kommen gern«, sagte Jürgen und legte den Arm um Maja. »Also bis später.«

Toni Becker setzte sich wieder, und Tutti von Falkenhayn sah Maja und Jürgen nach. »Die Frau hat Klasse.«

Toni Becker gab ein vages »Hm« von sich, während seine Augen Maja folgten. Maja, die hübscheste Medizinstudentin von Heidelberg. Sie hatten sich bei einem Pauker kennengelernt. Er büffelte fürs Staatsexamen, sie fürs Physikum. Ein Jahr lang waren sie unzertrennlich. Dann machte er ein Studienjahr in Amerika, und als er zurückkam, war sie die Frau von einem jungen Taxiunternehmer. Einfach so, ohne Vorwarnung.

Sie war so superschlank wie damals. Der Hosenanzug aus sandfarbener Seide mit dem breiten Metallgürtel betonte ihre schmale Taille und die schöne Brust. Das dunkelblonde Haar trug sie glatt in den Nacken gekämmt. Sie hätte die Schwester der Rampling sein können. Ja, sie hatte Klasse.

»Sie kennen Frau Kling?« frage er Tutti von Falkenhayn.

»Ja.«

»Gut?«

»Na ja, immerhin hat sie mir ein Herzensgeheimnis anvertraut.« Tutti machte eine Pause. »Es war während der Abfahrt von Bremerhaven –« Wieder ließ sie eine Pause eintreten. »Sie haben zu der Zeit ihren Mann verarztet. Ja, und wie das so ist, wenn ein Schiff auf große Fahrt geht, die Herzen öffnen sich, und in dieser Stimmung vertraute sie mir ein Herzensgeheimnis an. Sie ist noch keine zwei Stunden an Bord, da begegnet sie dem Mann, der mal ihre große Jugendliebe war – romantisch, was.«

Max Leupold war nicht entzückt, als der Steward ihn an einen Tisch führte, an dem schon ein älterer Herr saß. Er hielt nichts von Ferienbekanntschaften und hätte lieber einen Tisch für sich allein gehabt, aber vor dem Gast zu reklamieren, verbot ihm die Höflichkeit.

Erwin Probst war ein rüstiger Siebziger aus Frankfurt, von Beruf Antiquitätenhändler und spezialisiert auf Ikonen. Mit dem erprobten Instinkt des Händlers gewann er zuerst einmal das Wohlwollen von Gaby und Monique. Er verbeugte sich vor Gaby, nannte sie Prinzessin und traf damit ins Schwarze; in dem rosa Kleid mit dem weiten schwingenden Rock fühlte sie sich tatsächlich wie eine Prinzessin.

Monique wurde von Erwin Probst mit einem Handkuß alter Schule bedacht, etwas steif und zeremoniös, aber begleitet von einem tiefen Blick.

Nachdem man sich gesetzt hatte, entwaffnete er Max Leupold mit der Bemerkung: »Ich will ganz ehrlich sein, ich habe den Chefsteward gebeten, mich an einen süddeutschen Tisch zu setzen – und da hat es Sie getroffen. Sie sind doch aus Süddeutschland?«

»Furth im Wald«, kam es einsilbig von Max Leupold, »wenn Sie das als Süddeutschland gelten lassen. Eigentlich ist der Bayerische Wald ein Fall für sich.«

»Furth im Wald, das gibt's nicht, wissen Sie, daß meine Mutter von dort her stammt, eine Lehrerstochter aus Waldmünchen.«

Das Eis war gebrochen, und fünf Minuten später fand Max Leupold es bereits großartig, einen Mann wie Probst am Tisch zu haben, denn er wußte bestens über Spanien Bescheid und konnte ihm Einzelheiten über Coruña und Santiago de Compostela erzählen, die in keinem Führer standen.

Gaby interessierte sich nicht für das Gespräch der Männer, sie hielt im Speisesaal Ausschau nach »Opfern«. Tisch für Tisch unterzog sie einer Musterung und vertraute Monique ihre Meinung an, meist ein gnadenloses Urteil »Tisch 8 ist zu alt, Tisch 24 eine Bohnenstange, Tisch 40 ein Fettkloß.«

»Pscht«, machte Monique.

Gabys Blick ging zum Eingang »Die wäre gut, aber sie hat einen Mann dabei.«

Monique deutete unauffällig zu Tisch 15. »Und wie findest du die Dunkle dort?«

»Die in dem Geblümten?«

»Ja.«

»Zu mager, wie ein Bügelbrett.«

Der Bordphotograph, der durch den Speisesaal spazierte und knipste, kam an den Tisch und blitzte ein paarmal. Dann gab er Max Leupold seine Karte und eine blaue Nummer. »Morgen nachmittag können Sie die Kontakte anschauen.«

»Ich möchte auch eine Nummer«, meldete sich Probst. »Die zwei Damen dürfen nicht fehlen in meinem Album, ausgerechnet die hübschesten an Bord.« Er wechselte einen Blick mit Max Leupold. »In meinem Alter darf man so etwas ganz offen sagen, nicht wahr.«

Nachdem der Photograph gegangen war, wandte Probst sich direkt an Monique. »Ich frage mich schon die ganze Zeit, an wen Sie mich erinnern, jetzt weiß ich's; in der Schönheitsgalerie von König Ludwig I. in München hängt das Bild der spanischen Tänzerin Lola Montez, mit ihr haben Sie Ähnlichkeit, nicht nur das Gesicht, auch die Figur, die kleinen Hände, etcetera, ich brauche nicht ins Detail zu gehen.« Er wandte sich an Max Leupold: »Kennen Sie das Bild?«

»Nicht daß ich wüßte.«

»Wenn Sie das nächstemal in München sind, sollten Sie es sich unbedingt anschaun, draußen in Schloß Nymphenburg.«

Monique hüllte sich in Schweigen. Sie kannte das Bild, und sie fand den Vergleich eine freche Schmeichelei, aber sie war in einer Stimmung, in der sie dafür empfänglich war. Eine geschlagene Stunde hatte sie sich schön gemacht, es war lange her, daß sie das Haar nicht streng aufgesteckt getragen hatte, sondern offen, und noch länger, daß sie das Abendkleid aus steingrauem Duchesse zuletzt ausgeführt hatte. Es war total aus der Mode, aber es hatte einen großzügigen, mit schwarzen Perlen bestickten Ausschnitt und ließ viel Schultern und Dekolleté sehen. Max Leupold suchte Moniques Blick. »Kennen Sie das Bild?« Monique lächelte. »Ja – aber wenn ich meine Brille nicht in der Kabine vergessen hätte, wäre Herr Probst sicher nicht auf Lola Montez gekommen.«

»Wozu eine Brille«, ereiferte sich Probst, »keine Frau muß heutzutage eine Brille tragen, es gibt schließlich Kontaktlinsen. Sie dürfen Ihr Gesicht nicht hinter einer Brille verstecken, versprechen Sie mir das.«

Monique fühlte den Blick von Max Leupold auf sich. Sie störte ihn nicht dabei, und sie ermunterte ihn nicht. Sollte er sie in Ruhe anschauen, er hatte sie lange genug wie Luft behandelt.

Die Neugier von Max Leupold war geweckt. »Wer war diese Lola, wie hieß sie noch?«

»Lola Montez –« Probst stockte. »Bevor sie nach München kam, war sie Tänzerin, dann wurde sie die Geliebte von Ludwig I. Eine Zeitlang sah es so aus, als würde sie Königin. Es kam zu einem richtigen Volksaufstand, damit war der Traum vorbei. Vielleicht war sie zu ehrgeizig.«

Gaby war kein Wort entgangen. »Monique ist nicht ehrgeizig«, sagte sie in die Stille hinein. »Monique hat einen anderen Fehler – sie ist zu gescheit.«

Der Auftritt von Irene und Petra entging niemandem im Speisesaal – die Rothaarige in dem hautengen smaragdgrünen Paillettenschlauch, die Aschblonde in dem rückenfreien Kleid aus lachsfarbenem Wäschesatin. Jeder Mann riskierte einen verstohlenen Blick, und die selbstsicherste Frau witterte Gefahr.

Ein Steward wollte die beiden zu Tisch 43 bringen, aber Petra bremste seinen Eifer. »Immer mit der Ruhe, wir wollen uns erst mal ein bißchen umschauen.« Sie hing sich bei Irene ein. »Lächeln! Der Bordphotograph.«

Es blitzte ein paarmal, sie bekamen ihre Nummer, und dann promenierten sie durch den Speisesaal. Hin und wieder blieb Petra stehen, schaute sich auffällig um, als suchte sie jemanden. »Stefan scheint nicht da zu sein, schade, er versäumt was.« Dann entdeckte sie die Tafel, die man für die Araber gedeckt hatte. »Ob diese Orientalen wirklich bessere Liebhaber sind, was meinst du. Verlebt genug sehen sie aus. Die lassen nichts aus, die spielen auf allen Instrumenten. Und ich sage dir, die Frauen sind nicht besser.«

Sie gingen weiter. »Du schau mal, dort am Käptns Tisch, die Platinblonde, das ist Cherry Caroll.«

Der Chefsteward tauchte auf. »Kann ich den Damen helfen?«

»Allerdings« sagte Petra mit einem vertraulichen Unterton. »Verraten Sie uns, was das für Leute sind an Tisch 43?«

»Das sind zwei Modemacher aus Düsseldorf. Immers und Ruperti. Sie haben gerade eine Boutique bei Bloomingdales in New York eröffnet.«

»Der Edelpunk ist Ruperti?«

»Nein, der Ruperti ist der mit der Glatze, und Immers ist der Edelpunk.«

Kaum hatte der Chefsteward ihnen den Rücken zugedreht, schnitt Petra eine Grimasse. »Die haben uns den wärmsten Tisch im ganzen Saal gegeben.«

»Na und? Da holen wir uns wenigstens keinen Schnupfen.« »Ich mach' die so an, daß sie freiwillig das Feld räumen.«

Irene stieß Petra in die Seite: »Rassistin.«

In der Kabine war es dunkel, nur durch die Jalousien sikkerte etwas Helligkeit. Maja hob den Kopf; neben ihr lag Jürgen in tiefem Schlaf. Er würde nichts merken, wenn sie aufstand und sich wieder anzog. Sie schaute auf den Wekker. Zwei Uhr. Toni hatte ein Rendezvous auf dem nächtlichen Promenadendeck vorgeschlagen. Ob er noch wartete? Warum fehlte ihr der Mut? Beim Tanzen in der Clipper Bar war es gewesen, als hätten sie sich nie getrennt. Die alte Vertrautheit, das wunderbare Gefühl zueinander zu gehören. Ihre Gedanken gingen im Kreis. Warum habe ich damals Jürgen geheiratet? Warum habe ich nicht auf Toni gewartet? Warum? Und die andere Frage: Wie geht es jetzt weiter?

Für Toni schien die Antwort ganz einfach. Beim letzten Tanz hatte er zu ihr gesagt: »Übermorgen sind wir in Coruña. Mach den Landausflug nicht mit. Erfinde irgendwas, dann haben wir den ganzen Tag für uns.«

Jürgen murmelte im Schlaf und wälzte sich auf Majas Seite. Der Arm mit der verbundenen Hand suchte nach ihr.

Es war früh am Morgen, auf den Decks herrschte noch Stille, nur die Reinigungsmannschaft arbeitete.

Kapitän Krüger hörte mit seinen Offizieren auf der Brücke den Wetterbericht von Norddeich-Radio: Das Tief über Schottland verschiebt sich nach Osten. Das Wetter stabilisiert sich. Vorhersage für Kanal und Nordsee, Winde WNW 4 bis 5, Tendenz abflauend; Golf von Biskaya umlaufende Winde um 2–3, Meer ruhig. Tendenz für die nächsten 24 Stunden, stabilisierend.

»Stabilisierend«, wiederholte Kapitän Krüger skeptisch. »Warten wir mal die nächsten 24 Stunden ab. Eine ruhige Biskaya war noch nie ein Schönwetterzeichen. Wahrscheinlich hockt ein Tief auf den Azoren. Na ja, dann lernen unsere Passagiere eben auch die rauheren Seiten der christlichen Seefahrt kennen.«

Vor dem Seitenfenster huschte Gaby in einem neongelben Jogginganzug vorbei. Sie klopfte an die Scheibe und gab Stefan ein Zeichen.

»Käptn, Sie kriegen Besuch«, warnte Stefan.

»Um die Zeit?«

»Unser jüngster Passagier, die neunjährige Gaby. Ihre erste Frage, als sie an Bord kam, war ›Wo ist der Käptn‹. Ich habe ihr gesagt, sie müßte sich bis heute gedulden, und da ist sie.« Stefan öffnete die Tür und ließ Gaby herein.

Zögernd kam sich durch den Raum. Ihr Vater hatte ihr gesagt, daß die *Berlin* automatisch gesteuert würde, wie ein Flugzeug. Gaby hatte damit nicht viel anfangen können, ein Flugzeug und ein Schiff waren sehr verschieden, fand sie. Doch als sie jetzt das lange Schaltpult sah und hinter dem Schaltpult das Panoramafenster, und hinter der riesigen Scheibe nur Himmel und Meer, die im morgendlichen Dunst zu einem Blau verschmolzen, war sie einen Moment ganz benommen. Alles war so viel größer, als sie erwartet hatte.

Kapitän Krüger ging auf Gaby zu. »Wie der Erste Offizier mir sagt, möchtest du mit mir sprechen.«

Sie gab ihm die Hand. »Ich bin Gaby Leupold, und ich möchte wissen: kann man hier an Bord heiraten, ich meine, kannst du eine Trauung machen?«

Von den Offizieren hörte man ein amüsiertes Murmeln. Kapitän Krüger blieb ernst: »Na ja, das ist so 'ne Sache, wer will denn heiraten?«

»Ich – das heißt, ich möchte, daß mein Vater heiratet.«

»Das mußt du mir genauer erklären. Wen will dein Vater denn heiraten?«

»Ich muß erst die Richtige finden, aber wenn ich sie habe, muß es schnell gehen. Es muß gleich hier passieren, die Trauung und alles. Wenn wir unverheiratet nach Hause kommen, ist Oma sicher dagegen und macht wieder alles kaputt.«

Die Männer auf der Brücke hatten Mühe, ernst zu bleiben. »Hast du schon jemanden im Auge?« fragte Käptn Krüger.

»Monique wäre nicht schlecht. Monique ist meine Privatlehrerin, und genau das ist der Fehler, sie ist zu gescheit. Vielleicht finde ich noch eine andre. Ich werde mich heute am Swimmingpool umschauen. Mager darf sie nicht sein.«

»Da hast du recht.«

»Und größer als Vati darf sie auch nicht sein – und mir muß sie natürlich auch gefallen.« Gaby hatte Zutrauen zu Käptn Krüger gefaßt. »Und was kostet so eine Trauung bei dir?«

»Da müßte ich unseren Zahlmeister fragen.«

»Es soll richtig schön feierlich sein.«

»Wir kriegen das schon hin.«

»Das heißt, du machst die Trauung?«

»Wenn du die richtige Frau findest für deinen Vater, muß ich ja wohl.«

»Ehrenwort?«

»Ehrenwort.«

Dodos Kabine war klein, und wenn Saki bei ihr übernachtete, schliefen sie nicht in dem schmalen Bett an der Wand, sondern auf dem Boden, wo sie sich mit ein paar Decken und Kissen ein bequemes Liebeslager bauten.

Der Wecker von Sakis Armband piepste leise, und er stellte ihn schnell ab, um Dodo nicht zu wecken. Vorsichtig löste er sich von ihr. Das war nicht einfach, weil sie die Angewohnheit hatte, im Schlaf einen Arm und ein Bein quer über ihn zu legen. »Was ist?« murmelte sie mit geschlossenen Augen. Saki beugte sich über sie und küßte sie. »Weiterschlafen – wenn ich wiederkomme, bin ich ein Millionär.«

»Wie war das?« Sakis Bemerkung machte sie schlagartig wach. Sie versuchte die Augen zu öffnen, aber sie hatte wieder mal vergessen, die künstlichen Wimpern abzunehmen, und die hatten sich mit den echten verklebt. »Moment«, mit einem geübten Griff zog sie die Wimpern von den Augenlidern.

»Ich habe mich zum Frühdienst einteilen lassen«, fuhr er fort. »Während der Schwimmwestenprobe verlassen alle die Kabinen. Da müssen alle mitmachen, auch die Leibwächter, verstehst du. Es ist ein Kinderspiel, wenn ich zurückkomme, bin ich Millionär.«

Dodo schwieg. Sie fuhr ihm zärtlich über das dunkle, gelockte Haar. Sie liebte ihn, weil er so einfach war. »Deine Idee mit der Schwimmwestenprobe, vergiß sie!«

»Wieso? Eine bessere Gelegenheit kommt nicht.«

»Und wo versteckst du das Geld?«

»In einer Futterschachtel der Falken.«

»Aber bei den Falken ist doch Tag und Nacht ein Wärter.«

»Ich habe mich angefreundet mit ihm.«

»Wenn das Geld verschwunden ist, werden sie das ganze Schiff durchsuchen.«

»Sie werden nie darauf kommen, daß es in einer Futterschachtel ist.«

»Wo willst du die Futterschachtel verstecken? Vielleicht

hier bei mir?«

»Unten bei den Falken natürlich, bei den andern Schachteln.«

Saki war sehr stolz auf die Idee mit der Futterschachtel und fand, er hätte Lob verdient. Statt dessen sagte Dodo: »Du bist naiv. So geht das nicht. Dabei riskierst du zuviel. Ich glaube, ich habe eine bessere Idee. Wir müssen es so einrichten, daß wir das Geld erst holen, wenn wir es auch sofort von Bord schaffen können. In letzter Minute, am Ende der Reise. Scheich Mehmed darf es erst merken, wenn er von Bord ist und nicht mehr feststellen kann, wo der Koffer verlorengegangen ist. Verstehst du, wir sind dann auch längst über alle Berge.«

»Die Futterschachtel ist ein hundertprozentiges Versteck. Niemand wird das Geld dort suchen.«

»Bitte hör auf mich.«

Dodo nahm seinen Kopf in die Hände und küßte ihn auf die Stirn, die breit war und eingerahmt von kleinen Lokken, und Dodo immer an die Stirn eines jungen Stiers denken ließ. »Unternimm heute nichts.«

»Aber –«

»Kein Aber, hör auf mich, unternimm nichts, versprich mir das.«

»O. k.« Er fügte sich, aber nur widerstrebend. Ihre Vorsicht verletzte ihn. Sie traute ihm nichts zu. Aber wie konnte sie ihn lieben, wenn sie ihm nichts zutraute. Sein größter Wunsch war es, ihr zu imponieren. Als kleiner Steward hatte er dazu keine Möglichkeit. Seine Kollegen machten immer wieder Bemerkungen über ihn und Dodo. Es ging ihnen nicht in den Kopf, daß eine Frau wie Dodo, die ganz andere Chancen hatte, ausgerechnet auf Saki verfallen war. Er selber wunderte sich auch. Immer wieder fragte er sich; wie hast du so ein Glück verdient. Mit dem Geldkoffer des Scheichs konnte er sich sein Glück verdienen. Das war seine fixe Idee. Und da er von Natur aus ungeduldig war, wollte er diese Idee so schnell wie möglich in die Tat umsetzen.

Nachdem er sich geduscht hatte, schraubte er Dodos Parfümflasche auf, nahm ein paar Tropfen in die Hände und verteilte sie auf dem Haar. *Giorgio*, das teuerste Parfüm der Welt. Die kleine Flasche kostete 350 Deutsche Mark. Ein Passagier hatte Dodo das Parfüm geschenkt. Saki mochte es nicht, wenn andere Männer seiner Dodo Geschenke machten. Er fühlte sich gedemütigt. Bald war Schluß damit. Er mußte das Geld des Scheichs haben. Je eher, desto besser.

Er fuhr mit dem Lift nach oben. An Deck wehte ein scharfer Wind, und er setzte die Mütze tiefer in die Stirn. Sein Blick ging über das unruhige Meer. Dort drüben im Westen ist Nassau, dachte er, noch 3000 Meilen und ich bin mein eigener Herr.

Sylvie schwenkte die Trockenhaube zur Seite und nahm die großen bunten Wickler aus Petras Haar. Sie öffnete eine Haarsträhne und sah Petra fragend an. »Gut so?«

»Ein bißchen hell geworden.«

»Es ist genau die Farbe, die Sie ausgesucht haben, venezianischrot.«

»Das Muster war dunkler.«

»Jedes Haar reagiert anders. Wenn Sie wollen, färbe ich nach.«

»Nicht jetzt, um zehn habe ich ein Rendezvous.«

Sylvie nahm die Wickler aus dem Haar und begann Petra die Locken auszukämmen. Eine Weile herrschte Schweigen. Aus dem Radio kam das Lied, *The Captain of her Heart*. Die Augen von Sylvie und Petra begegneten sich im Spiegel.

»Sind Sie schon lange auf dem Schiff hier?«

»Zwei Jahre.«

»Dann sind Sie ja richtig zu Hause hier. Wie ist das so, auf einem Schiff leben?«

»Ja, ursprünglich hatte ich mich für eine Saison verpflichtet, aber dann bin ich geblieben.«

»Wegen eines Mannes?«

Sylvie nickte.

»Haben Sie sich in den Käptn verliebt?«

»Nicht in den Käptn, der hat schon eine.«

»Wer ist der Glückliche?«

»Der Erste Offizier.«

»Der Erste Offizier«, wiederholte Petra. »So, so, Stefan…«

Sylvie hielt inne. »Sie kennen ihn?«

»Was heißt kennen. Einen Mann wie ihn übersieht man nicht, oder? Er sieht schließlich unverschämt gut aus. Die Frauen sind sicher hinter ihm her.«

»Das schon, aber das nützt nichts.«

»Sagen Sie bloß, er ist Ihnen treu.«

»Das ist er.«

»Wie schön für Sie –« Nach einer Pause sagte Petra: »Wären Sie schockiert, wenn ich seine Treue auf die Probe stellen würde?«

Sylvie begann Petras Haar energisch zu bürsten. »Ich warne Sie, Stefan gehört mir.«

»Wenn Sie so sicher sind, kann ja nichts passieren.«

Sylvie legte die Bürste weg. »Sind Sie verheiratet?« fragte sie Petra.

»Wieso?«

»Ich möcht's nur wissen.«

»Noch nicht. Ich suche noch.«

»Dann geb' ich Ihnen einen Rat. Vertun Sie Ihre Zeit nicht mit jüngeren Männern. Suchen Sie sich lieber einen, der Sie heiratet.«

Max Leupold war mit einem Brummschädel aufgewacht; auch nach einer ausgiebigen kalten Dusche und zwei Tassen Kaffee fühlte er sich noch verkatert. Diese verflixten Rumdrinks. Sie schmecken wie Kinderlimonade und sind Gift. Jedes Haar auf dem Kopf tat ihm weh, trotzdem fühlte er sich jung wie lange nicht mehr. Er hatte Rumba getanzt, und Samba und Boogie Woogie. Er hatte mit Monique getanzt, mit Irene und mit Petra. Dodo, die Sängerin, hatte ihm das Boogie Woogie-Tanzen beigebracht. Aber das Tollste war – auch mit Cherry Caroll hatte er getanzt, einen Slowfox. Hoffentlich hatte der Bordphotograph ein gutes Bild geschossen. Er und Cherry Caroll!

Nebenan in Kabine 232 war es still. Ob Gaby und Monique noch schliefen? Er klopfte an die Tür, aber es rührte sich nichts, Gaby und Monique waren nicht da. Das Zimmermädchen hatte noch nicht aufgeräumt. In dem großen Bett sah man genau, wo Gaby und wo Monique geschlafen hatte. Gabys Seite war zerwühlt, Monique hatte nur einen Abdruck im Kissen und eine flache Mulde im Bett hinterlassen. Er erinnerte sich daran, wie angenehm sich ihr Körper beim Tanzen angefühlt hatte, wie leicht sie sich bewegt hatte, wie eine Feder.

Gegen Mitternacht waren Sheik Mehmed und Prinz Shaktoum in der Bar erschienen, ohne Frauen. Prinz Shaktoum hatte sich auffällig für Monique interessiert. Beim Tanzen hielt er sie so eng, wie Max Leupold es nie gewagt hätte. Solange er in der Bar war, hatte er sich nur mit Monique unterhalten, und immer auf französisch, was Max Leupold nicht verstand.

Aus dem Kabinenmikrophon kam ein dreimaliger Gong, gefolgt von der Aufforderung, sich zur Schwimmwestenprobe auf dem Sonnendeck einzufinden.

Das Deck wimmelte von Leuten in unförmigen Schwimmwesten. Ein Teil hatte sich bereits brav in einer Reihe aufgestellt, andere irrten umher auf der Suche nach ihrem Rettungsboot. An der Reling standen ein paar junge Offiziere und witzelten halblaut über die zwei schwergewichtigen Bodyguards der Araber. Die zwei großen Kerle wurden in den Schwimmwesten zu gigantischen Gummibären.

Gaby war in heller Aufregung. »Wieso müssen wir die

Schwimmwesten anziehn? Ist das Schiff kaputt? Gehen wir unter?«

Auch andere Passagiere reagierten ängstlich. Das Deckpersonal half beim Anlegen der Schwimmwesten und versicherte immer wieder, daß mit dem Schiff alles in Ordnung sei.

Gaby lief zum Ersten Offizier. »Müssen wir jetzt alle ins Wasser springen?«

Stefan machte ein todernstes Gesicht. »Sicher, wir proben den Ernstfall. Ich hoffe, du kannst schwimmen.«

»Springst du auch?«

»Ich übernehme ein Rettungsboot, und dich fische ich als erste auf.«

Petra stand plötzlich da. »Mich bringt niemand ins Wasser, dann geht meine Frisur zum Teufel.«

Stefan wandte sich um. »Darf ich mal sehen? Ihre Schwimmweste ist nicht in Ordnung. Heben Sie mal die Arme, nein, zur Seite.« Er trat nahe zu Petra heran und machte sich am Verschluß der Schwimmweste zu schaffen. »Stimmt etwa die Größe nicht?« fragte Petra halblaut und sah ihm in die Augen. Stefans Hände waren immer noch am Verschluß der Schwimmweste, genau dort, wo er unter dem Stoff Petras Brust fühlte, und zwar die Stelle, die jetzt zu einer harten kleinen Knospe wurde. »Die Größe ist perfekt«, sagte Stefan. »Würden Sie sich jetzt bitte umdrehen.« Stefan nahm sie an den Schultern und wollte sie umdrehn, doch Petra leistete Widerstand. »Nicht«, sagte sie mit veränderter Stimme, »ich weiß nicht, was plötzlich los ist mit mir, es dreht sich alles. Nicht loslassen, bitte, oder ich falle um.«

Stefans Griff um Petras Schultern wurde fester. »Auch Augenflimmern?«

Sie nickte schwach. »Augenflimmern, Herzflattern, und alles dreht sich, und gleich werde ich zusammenklappen. Bitte bringen Sie mich weg von hier.«

»Sieht aus wie die ersten Symptome von Südseefieber.

Am besten, ich bringe Sie unter Deck.«

Irene, die in der Nähe stand, wurde aufmerksam. »Petra, was ist mit dir?«

»Mir ist nicht gut.«

»So plötzlich?«

Stefan antwortete für Petra. »Ich kümmere mich um Ihre Freundin.«

Petra lag auf Stefans Bett, und er saß bei ihr. Er hatte ihr die Schwimmweste ausgezogen, und jetzt öffnete er die Knöpfe der türkisblauen Baumwollbluse. »Langsam einatmen, ganz langsam, ganz ruhig, und langsam ausatmen. Und einatmen, und ausatmen. Und entspannen. Gleich wird es besser.«

»Südseefieber – was ist das? Nie gehört.«

»Eine geheimnisvolle Sache, hängt mit dem 42. Breitengrad zusammen. Sobald wir uns dem 42. Breitengrad nähern, treten die ersten Symptome auf. Wichtig ist, daß man es rechtzeitig erkennt.«

»Ich glaube, bei mir hat es schon in Bremerhaven begonnen, das Herzflattern und so.«

Stefan nahm Petras Hand. »Ich werde mal den Puls kontrollieren.«

Unter halbgeschlossenen Lidern beobachtete Petra ihn. Jetzt, wo sie wußte, daß Sylvie, die kleine Friseuse, seine Freundin war, gefiel er ihr noch besser. Für Petra wurde ein Flirt erst dann richtig heiß, wenn sie einer anderen Frau eins auswischen konnte. Sylvie, dieses kleine Miststück, verdiente es nicht besser.

Stefan ließ Petras Hand los. »Das ist ernst. Ein Fall für die Intensivstation.«

»Intensivstation«, sie ließ das Wort auf der Zunge zergehn. »Sie meinen...«

Stefan rückte näher, und Petra ließ den Kopf ganz zurücksinken. Ihr Haar knisterte, als Stefan hineingriff, und dann spürte sie seine Lippen auf ihrem Mund. Es wurde kein besitzergreifender Kuß, es war mehr ein zärtliches Spiel mit ihrem Mund, sanft, aber von sinnverwirrender Ausdauer.

Stefan legte die Hand auf ihre Stirn und kehrte in die Rolle des Arztes zurück. »Wir haben Fieber. Die Krankheit macht rapide Fortschritte. Da hilft nur eines, Champagner, eisgekühlt. Ich bin gleich wieder zurück.« Nachdem Stefan gegangen war, sprang Petra schnell vom Bett auf und lief zum Spiegel. Sollte sie die Bluse ausziehn? Nein, nur weiter aufknöpfen, so daß ein tiefer V-Ausschnitt entstand. Dann legte sie sich wieder aufs Bett und probierte eine Stellung aus, in der sowohl Busen wie Po zur Geltung kamen. Das war nicht so einfach. Eine Schlange müßte man sein. Ein Glück, daß sie hochhackige Pumps anhatte; eine Frau mit hohen Hacken im Bett, das war immer sexy. Zuletzt schüttelte sie ihre rote Mähne zurecht.

Südseefieber – sie lächelte in sich hinein. Da ging die Tür auf, doch es war nicht Stefan, es war Sylvie, die kleine blonde Friseuse, die in der Öffnung stand. Die beiden Frauen starrten sich an. Beide brauchten Sekunden, bis sie reagieren konnten. Sylvie zog die Tür zu. »Was tun Sie hier?« Petra hatte beschlossen, die Kühle zu spielen. Sie lächelte boshaft. »Ist das Ihre Kabine?«

»Verschwinden Sie. Sie haben hier nichts zu suchen.«

»Ich hab's Ihnen doch gesagt, ich werde die Treue von Ihrem Stefan auf die Probe stellen. Ich bin gerade dabei, also stören Sie mich nicht. Wenn Sie Wert drauf legen, gebe ich Ihnen später eine detaillierte Schilderung.« Petra setzte sich auf und wies zur Tür: »Und jetzt raus mit Ihnen, Sie haben hier nichts verloren.«

Sylvie setzte sich auf einen Stuhl. »Ich bleibe. Mich bringt keiner hier raus.«

Petras Geduld war erschöpft. Sie sprang auf, ging zu Sylvie, packte sie am Arm. »Raus mit Ihnen, habe ich gesagt.«

Sylvie riß sich los. »Fassen Sie mich nicht an, Sie… Sie Luder… Sie Touristenschlampe.« Es gab keine Worte für ihre Wut. Sie stürzte sich auf Petra, riß sie an den Haaren, trat mit den Füßen nach ihr. Petra wehrte sich, und es entstand eine wüste Rauferei. Schließlich wälzten sich die beiden am Boden. Sylvie war so in Rage, daß Petra sich kaum wehren konnte, ihre spitzen Fingernägel, scharf wie Messer, gruben sich in Petras Hand. Mit einem Schrei sprang Petra auf und ergriff die Flucht.

»Raus mit dir«, schrie Sylvie ihr nach, »und laß dich hier nie mehr blicken.«

»Miststück«, fauchte Petra, »das zahl' ich dir heim.«

Die Tür fiel hinter Petra zu, aber Sylvies Wut war noch lange nicht verpufft. Sie riß den Schrank auf, nahm ihre paar Sachen heraus und warf sie aufs Bett: ein durchsichtiges Nachthemd, ein kleines schwarzes Cocktailkleid, einen Bademantel, eine Tasche mit Kosmetikartikeln.

Auf dem Korridor hörte sie Stefan kommen. Sie kannte seinen Schritt, sie kannte seine Art, leise vor sich hin zu pfeifen. Die Tür ging auf. Mit dem Rücken voran schob er sich herein, in der rechten Hand eine Champagnerflasche, in der linken Hand zwei Gläser. »Da ist der Onkel Doktor wieder. Wie geht es der Patientin?« Er zog die Tür mit dem Ellbogen zu und wandte sich um. Ein Blick genügte, und er wußte, was passiert war: Sylvie, der offene Schrank, die Sachen auf dem Bett. Von Petra war nur noch die gelbe Schwimmweste da. Die Situation war eindeutig. Er lächelte entwaffnend. »Ich mache keine Aussage ohne meinen Anwalt.«

Sylvie zitterte vor Zorn. »Deine alte Tour mit dem Champagner, du kotzt mich an.« Sie raffte ihre Sachen zusammen.

Stefan stellte den Champagner und die Gläser ab. »Sylvie, reg dich ab.«

»Es ist aus mit uns.«

»Sylvie…«

»Es ist aus, endgültig.« Mit ihren Sachen im Arm marschierte sie zur Tür.

Stefan sah ihr kopfschüttelnd nach, und es fiel ihm nur ein Wort ein in diesem Moment: »Weiber.«

La Coruña
Santiago de Compostela

Die Strahlen der Morgensonne tanzten auf den Dächern von La Coruña und warfen über die spanische Hafenstadt einen Schleier aus flirrendem Gold. Die Häuserfront längs der breiten Hafenstraße mit ihren Fassaden, die fast nur aus Fenstern und gläsernen Erkern bestanden, die berühmten Miradores, waren von unwirklicher Schönheit. Die vibrierende Helligkeit löste die Umrisse auf, aus Grau wurde schimmerndes Silber, aus Stein wurde rosenfingriges Licht. Die alte Stadt schien in eben dieser Stunde dem ewig jungen Meer entstiegen.

Die Decksmannschaft arbeitete an den Winden; man warf erst eine dünne Leine an Land, dann zog man die eigentlichen schweren Taue nach und legte sie um die Poller am Pier. Langsam, langsam, zentimeterweise holte man das Schiff breitseits an den Pier.

Jürgen und Maja standen an der Reling des Hauptdecks, bereit für den Landausflug. Jürgen trug den Arm immer noch in der Schlinge. Zum Nichtstun verurteilt, hatte er alles über Coruña und Santiago de Compostela gelesen, was er in den Büchern auf dem Schiff hatte finden können. Jetzt breitete er sein Wissen vor Maja aus: »Im Jahr 1588 ist aus dem Hafen von La Coruña die berühmte Armada ausgelaufen, die spanische Kriegsflotte, mit der Philipp II. die Engländer besiegen wollte. Hundertdreißig Schiffe, zurückgekommen sind nur sechzig, die andern haben die Engländer versenkt. Schon damals stand der Herkules-Leuchtturm hier; es ist der älteste romanische Leuchtturm der Welt, und immer noch in Betrieb, toll, was.«

Maja hatte nur mit halbem Ohr zugehört. »Wo, ich seh' keinen Leuchtturm.«

»Nicht hier. Er steht draußen, ich hab' ihn dir gezeigt, als wir daran vorbeikamen. Auf dem Felsen, sein Licht erhellt 40 Meilen im Umkreis.«

Maja gab sich einen Ruck und heuchelte Interesse. »Wie alt ist der Turm?«

»Uralt, genau weiß man das nicht. Auf jeden Fall stand er schon in romanischer Zeit, das heißt, so um 1200. Was der alles gesehen hat. Stell dir mal vor, wenn in dem Turm seit 600 Jahren eine Filmkamera gelaufen wäre...«

Maja nickte stumm. Ihre Gedanken waren wieder bei Toni. Gestern nach dem Lunch, während Jürgen in der Kabine ein Nickerchen machte, hatte sie sich mit Toni heimlich getroffen. Sie hatten an der Bar einen *Yellow Bird* getrunken, und als Toni zurück ins Spital mußte, begleitete sie ihn. Sie nahmen den Lift und hatten Glück. Sie waren allein. Toni nahm sie in die Arme und bat sie noch einmal, den Ausflug nach Coruña nicht mitzumachen: »Du bekommst Migräne, bleibst an Bord, und wir haben einen ganzen Tag füreinander.« Solange Toni sie in den Armen hielt, hätte sie zu allem ja gesagt.

Um Jürgen die Migräne überzeugend vorzuspielen, hatte sie schon gestern abend nicht mehr richtig gegessen und über Kopfschmerzen geklagt. Als sie dann heute früh erklärte, sie fühlte sich zu krank, um aufzustehn, wollte Jürgen spontan auf den Ausflug verzichten. Vergeblich versuchte sie ihn zu überreden, den Landausflug allein zu machen. Er blieb hartnäckig. »Ich bleibe bei dir.« Da zog sie es vor, trotz der »Migräne« den Ausflug mitzumachen. Jürgen war so besorgt um sie, daß er nicht von ihrer Seite wich. Sie hatte keine Chance, einen Moment zu verschwinden und Toni anzurufen.

Oder gab es doch einen Ausweg? Sie könnte in letzter Minute schlappmachen, nicht jetzt an Bord, erst an Land, erst im Bus – eine Hostess würde sie zum Schiff zurückbringen. Jürgen legte den Arm um sie. »Wie geht's? Du mußt es ehrlich sagen, sonst bleiben wir da.«

Maja lächelte schwach. »Irgendwie wird's schon gehn.« Auch die Idee, erst im Bus schlappzumachen, würde nicht funktionieren. Jürgen würde sie selber aufs Schiff zurückbringen. So war das mit ihm. Wenn er wollte, konnte er das Muster von einem Ehemann sein. Als sie ihn kennenlernte, hatte sie zum erstenmal erlebt, was es heißt, von einem Mann verwöhnt zu werden; er hatte ihr das Gefühl gegeben, daß sie das Wichtigste in seinem Leben war. Um so größer war die Ernüchterung, als sie eine Woche nach der Hochzeit erfuhr, daß er während der ganzen Zeit noch eine andere Flamme gehabt hatte.

Auf dem Deck drängten sich die Passagiere, die den Landausflug mitmachen wollten. Die meisten hatten Photoapparate bei sich und einige sogar Filmkameras. Auf dem Pier begann die Banda Communal zu spielen. Händler mit Lufballons und mit Sonnenschirmen tauchten am Kai auf, ein paar Kinder kamen gerannt und winkten zum Schiff herüber. Die Gangway wurde bereitgemacht, nicht mehr lange und man würde an Land gehen. Maja resignierte. Das mit der Migräne war keine gute Idee gewesen. Sie hätte Jürgen die Wahrheit sagen müssen. Seit sie seine Frau war, versicherte er ihr, sie könnte sich dieselben Freiheiten nehmen wie er. Zu einer modernen Ehe gehörte das einfach, die Abenteuer am Rande. Wie er wohl reagieren würde, wenn sie ihm jetzt sagen würde, ich komm' nicht mit, ich möchte den Tag mit Toni verbringen. Er ist meine Jugendliebe.

»Hallo.« Maja erschrak. War das nicht die Stimme von Toni?

Es war Toni. Er bahnte sich einen Weg durch die Passagiere, grüßte nach links und rechts und steuerte geradewegs auf sie zu. Er schien ganz unbefangen. »Einen schönen guten Morgen. Sie haben einen wunderbaren Tag erwischt für den Ausflug, einen richtigen Wallfahrtstag.« Er sah Maja an. »Ist es zuviel verlangt, wenn ich Sie bitte, in der Kathedrale von Santiago de Compostela eine Kerze für einen einsamen Schiffsarzt anzuzünden, der Hausarrest hat? Es geschehen immer wieder Wunder in Santiago de Compostela.« Dann wandte er sich an Jürgen und prüfte die Armschlinge. »Brav, brav. Noch zwei, drei Tage und wir können die Fäden ziehen.« Er blieb bei ihnen, bis sie an Land gingen. In einem unbeobachteten Moment drückte er Maja einen zusammengefalteten Zettel in die Hand. Es standen nur drei Zahlen darauf, 014, die Nummer von Tonis Kabine.

Die Führung war beendet, und die meisten Menschen verließen die Kathedrale von Santiago de Compostela. Aus Dämmerung und Weihrauchluft traten sie hinaus auf den Platz, der Stadiongröße hatte, so daß die Touristengruppen sich darauf verliefen.

Monique, Gaby und Max blieben in der Kirche. Sie gingen noch einmal in Ruhe durch das Mittelschiff nach vorne zum Hauptaltar. Hier herrschte die Strenge einer gotischen Kathedrale, die steinernen Pfeiler verströmten die Kälte von Jahrhunderten, und auch das fahle Licht schien jahrhundertealt. Am Ende dieser dämmerigen Flucht öffnete sich die Apsis mit ihrer barocken Pracht. Alles war Gold, alles gleißte.

Der Altar stand inmitten einer goldenen Tropfsteinhöhle. Gedrehte, reichverzierte Säulen, vielarmige Leuchter, Engel türmten sich übereinander auf, höher und immer höher, bis hin zu dem goldenen Podest mit dem goldenen Pferd, auf dem der Schirmherr der Kirche, der Heilige Jakob, dahergeritten kam.

Max Leupold stellte die Kamera auf eine Banklehne und kauerte sich dahinter. Er gab Monique und Gaby ein Zeichen: »Ruhig bitte, ich muß lange belichten.«

Gaby griff nach Moniques Hand und flüsterte andächtig: »Meinst du, daß die Himmelspforte auch so schön ist?«

Draußen dann, auf dem Platz vor der Kathedrale, war ein Eisverkäufer mit einem bunten Karren aufgetaucht, und die Touristen umringten ihn.

»Wer hat noch nicht, wer will noch mal«, Jürgen hielt eine Faust voller Eistüten in die Höhe und verteilte sie an die Damen. »Dodo… Irene… Petra… Gaby… Monique… Dodo, wo bist du?«

Jürgen trug den Arm nicht mehr in der Schlinge. Sobald sie an Land waren, hatte er sie abgenommen und in Majas Handtasche gestopft, und dabei halb im Scherz, halb im Ernst gemurmelt: »Ein Kranker reicht in der Familie!«

Im Bus war er rührend darum besorgt gewesen, daß Maja »in ihrem Zustand« einen Platz vorne beim Chauffeur bekam. Er selber hatte sich nach hinten gesetzt zu Dodo. Die beiden hatten getuschelt und gelacht und den ganzen Bus mit ihrer guten Laune angesteckt. Schließlich hatten alle im Flamenco-Takt in die Hände geklatscht, und Dodo hatte im fahrenden Bus einen Flamenco hingelegt.

Das war der andere Jürgen, der Hansdampf in allen Gassen, der in Majas Gegenwart ungeniert mit anderen Frauen flirtete.

Jürgen sah Maja stehen und kam zu ihr. »Da bist du ja.« Er hielt ihr eine Eistüte hin. »Vanille oder Erdbeer?«

Sie lehnte ab. »Bring es deiner Dodo.«

Das Lächeln verschwand von Jürgens Gesicht. »Wegen deiner Migräne lass' ich mir den Tag nicht verderben. Reiß dich zusammen, verdammt noch mal.«

Sie sah ihn stumm an. Was sie auf der Zunge hatte, konnte sie nicht aussprechen. Sie wandte sich ab und ließ ihn mit seinen zwei Eistüten stehen.

Allein spazierte sie an den Souvenirläden vorbei. Jeder Gegenstand trug ein Bild der Kathedrale. In einem kleinen Laden, der violett ausgeschlagen war, bot ein Händler Rosenkränze und Wallfahrtsmedaillons von allen Heiligen an. Maja wählte den Heiligen Antonius, ein ovales Medaillon aus Gold, sehr fein gearbeitet und so flach, daß es unter einem Herrenhemd nicht auftrug, wie der Händler in einem Kauderwelsch aus Französisch und Englisch versicherte.

Als sie den Laden verließ, stand Jürgen vor ihr. Als wäre nichts gewesen, nahm er ihren Arm. »Hast du was gekauft?«

»Nein, nur geschaut.«

»Ich möchte dir was schenken. Vielleicht finden wir was in der Altstadt. In der Rua del Villar sollen schöne Geschäfte sein.«

Trotz des warmen sonnigen Tages herrschte unter den Arkaden der Rua del Villar kühles Halbdunkel. Das alte Mauerwerk, die tiefen Gewölbe, in denen die Geschäfte und Restaurants untergebracht waren, die Rundbögen, durch die man ins Innere blicken konnte, begeisterten Jürgen, seine Phantasie begann zu arbeiten. »Ich gäbe was dafür, einen Tag lang im Jahr 1588 zu leben, ganz gleich als was, als Wirt, als Soldat. Das war eine aufregende Zeit, da mußtest du nicht ins Kino gehn, um was zu erleben, da hattest du die Abenteuer vor der Haustür. Was glaubst du, was unter diesen Arkaden schon alles passiert ist. Mord, Liebe, Eifersucht. Vielleicht ist auch Columbus hier schon gegangen. Er stand in spanischen Diensten. Er hat Amerika für Königin Isabella entdeckt.«

Maja lauschte seinen Worten, und zum erstenmal während des Ausflugs vergaß sie das Schiff und Toni.

Vor einem Gewölbe hingen Flamenco-Kleider. Jürgen blieb stehen. »Das muß es sein. Davon hat Dodo im Bus erzählt. Flamenco war in diesem Teil von Spanien nie in, aber seit dem Carmen-Film von Saura haben sie sich umgestellt, die Touristen wollen das einfach. Hier, in Santiago de Compostela, gibt es nur einen Laden dafür. Das muß er sein. Komm, da kaufen wir was.«

»So ein komisches Rüschenkleid?«

»Es ist das weiblichste Kleidungsstück, das je erfunden wurde.«

»Was soll ich damit, das ist nichts für mich.«

»Wenigstens anprobieren.«

»Ich will lieber was von der Stadt sehen.«

»Für die Stadt haben wir noch den ganzen Tag Zeit. Komm schon.« Er zog sie mit sanfter Gewalt in das Gewölbe.

Hinter einem Perlenvorhang stand eine halbnackte Frau und stieg gerade aus einem roten Flamenco-Kleid.

Jürgen grinste. »Ich wette, das ist Dodo. Sie wollte hierher.«

Majas Lippen wurden schmal. »Deswegen mußten wir unbedingt in dieses Geschäft, jetzt versteh' ich.«

Der Vorhang teilte sich, Dodo kam heraus und gab das rote Flamenco-Kleid der Verkäuferin.

»Sie nehmen es nicht?« fragte Jürgen enttäuscht.

»Zu teuer.«

»Ach was.« Jürgen schaute sich das Kleid an. Es war aus leichtem Taft. Die roten Volants waren leuchtendviolett abgefüttert. »Das Kleid ist eine Wucht; genau für Sie gemacht, Dodo, das müssen Sie einfach kaufen.«

»Also gut, aber dann müssen Sie sich auch was kaufen. Die Flamencoschuhe.«

»Gemacht. Wenn Sie das Kleid sofort anziehen.«

Dodo sagte nichts. Sie hob die rechte Hand und schnippte mit den Fingern, wie die Flamenco-Tänzerinnen es machen, wenn sie auf den Auftritt warten. Dann verschwand sie wieder hinter dem Perlvorhang.

Das Lokal lag in der Rua nueva und war ein fensterloses Gewölbe; von der Decke hingen schmiedeeiserne Lampen, Peperoni-Girlanden und große Schinken. Auf einem Podium im Hintergrund saß ein Gitarrist und spielte leise für sich.

Eine amerikanische Reisegruppe hatte die meisten Tische besetzt. Aber es waren auch Passagiere von der *Berlin* da. Jürgen fand einen runden Tisch in der Nähe des Podiums. Der Ober brachte unaufgefordert eine Karaffe Rioja, einen Korb mit Brot und eine Platte mit Pfefferwürstchen. Eine Speisekarte habe er nicht. Er empfehle Paella, das sei die Spezialität des Hauses, es dauere aber eine halbe Stunde.

Nach einem Glas Wein wurde Jürgen unruhig. Er nahm Dodos Hand. »Jetzt tanzen wir.« Die beiden stiegen auf das Podium. Dodo sprach mit dem Gitarristen. Er spielte verschiedene Flamencos an, aber Dodo schüttelte immer wieder den Kopf. Schließlich fand er das Richtige. So, wie sie vor ihm stand, mit dem Rücken zum Lokal, als wäre sie ganz allein, begann Dodo.

Sie hob die Hände über den Kopf und markierte mit kurzen Schlägen den Takt. Der Gitarrist nickte ermunternd und setzte ein. Einen Moment stand sie reglos, sie schien größer zu werden, dann, sehr langsam und sehr bestimmt, setzte sie einen Fuß vor den andern, einen zweiten Schritt, die erste Drehung und Gegendrehung. Sie wurde schneller, immer schneller, die Schritte wurden härter, der Rock schwang mit den Drehungen, rechts und links, und rechts und links.

Jürgen stand daneben und klatschte den Rhythmus mit, erst leise und tastend, doch bald wurde er mutiger und begann Dodo mit kleinen, harten Schritten zu umkreisen. Im Lokal wurde es still. Alle blickten zum Podium, manche klatschten im Rhythmus mit. Jürgen war ein Talent; er deutete nur an, aber was er machte, stimmte.

Mit Blicken und Gesten heizte Dodo die Szene so an, daß sogar die spanischen Kellner beeindruckt waren.

Maja erinnerte das Ganze an Jürgens Liebschaft im letzten Winter mit einer Tanzlehrerin. Warum hatte sie damals nicht Schluß gemacht. Dann wäre sie jetzt frei. Aber ich bin ja frei, sagte sie sich. Ich muß nur aufstehen und gehen. Ein Taxi bringt mich zum Hafen, ein Boot bringt mich zum Schiff – zu Toni.

Sie nahm ihre Schultertasche, legte Jürgens Armbinde auf den Tisch und verließ das Lokal.

Auf dem Schiff herrschte Mittagsruhe. Das Foyer war wie ausgestorben, die Boutiquen hatten geschlossen. Am Pool schmorten ein paar hartgesottene Sonnenanbeter in der Hitze. Maja hatte geduscht und die Jeans mit einem weißen ärmellosen Kleid vertauscht. Mit dem Lift fuhr sie nach unten ins Hospital. Dort erfuhr sie, daß Dr. Becker nicht da sei. Könnte sein, daß er Tischtennis spiele, das mache er oft in seiner Freizeit, sagte die Schwester, oder daß er am Pool herumliege, oder auf seiner Kabine sei für einen Mittagsschlaf.

Am Pool fand sie ihn nicht; auch nicht beim Tischtennis, dort spielten zwei halbwüchsige Araber. Blieb nur die Kabine. Wie gut, daß er ihr die Nummer gegeben hatte. Wieder stieg sie in den Lift. Sie begegnete niemandem; der Korridor vor seiner Kabine lag verlassen. Irgendwo spielte ein Radio. Dann stand sie vor seiner Tür, 014. Sie klopfte leise und lauschte. Innen blieb es still. Am Ende des Korridors ging eine Tür, Schritte und Stimmen kamen näher. Maja wollte nicht, daß man sie hier sah. Sie drehte den Knauf, und die Tür gab nach.

Die Vorhänge waren zugezogen, nur durch einen schmalen Schlitz fiel Licht herein. Toni lag auf dem Bett und schlief. Maja schloß die Tür und ging leise durch den Raum zum Bett. Die Wolldecke war zurückgeschlagen, und unter dem Leintuch zeichnete sich der Körper von Toni ab. Er war größer als Jürgen, schwerer gebaut. Ein sehr männlicher muskulöser Körper, nirgends knochig, rundum gleichmäßig gepolstert.

Sein Schlaf war tief, sein Atem leicht. Das blonde Haar fiel aus der Stirn zurück. Die freie Stirn machte ihn sehr jung, die leicht geöffneten Lippen gaben ihm fast etwas Kindliches – ein Junge, der sich verirrt hatte und erschöpft eingeschlafen war.

Sie kniete sich vor das Bett, beugte sich über ihn und drückte einen Kuß auf seine Lippen. Er schlief weiter. Sie küßte ihn wieder und wieder, bis er schließlich mit einem tiefen Atemzug erwachte.

»Was ist«, murmelte er.

»Ich bin's«, sagte sie leise.

»Maja?«

»Ja.«

»Das kann nicht sein«, murmelte er, »Maja macht eine Wallfahrt. Du bist ein Traum – ein schöner Traum, geh nicht weg, bleib da, komm zu mir unter die Decke, daß ich dich festhalten kann.« Er hob das dünne Leintuch, und so wie sie war, im Kleid und mit den Sandaletten, schlüpfte sie zu ihm. Schweigend schmiegten sie sich aneinander, und so blieben sie lange Zeit, nur damit beschäftigt, auf das zu lauschen, was mit ihnen geschah, jetzt, da sie einander endlich wiederhatten, die Hitzewellen zu spüren, die sie überfluteten, das innere Pulsieren. Es war ein allmähliches Versinken ineinander, ein sich Wiederfinden, nach dem sie sich lange gesehnt hatten. Sie sprachen nicht, sie bewegten sich kaum, so als könnte ein Wort oder eine Bewegung sie aus dem Traum wecken.

Es verging viel Zeit, bevor sie sich liebten, und dann geschah es wie von selbst, mit erlösender Selbstverständlichkeit. Alle Scheu war von Maja abgefallen, sie gab sich ohne Hemmungen. Sie wartete nicht, bis er ihr Kleid öffnete, sie selber löste den Gürtel, streifte es ab und warf es mit einer triumphierenden Bewegung durch die Luft.

»Ich liebe dich«, murmelte sie, »ich liebe dich.«

Toni hatte sie als ein unerfahrenes junges Mädchen in Erinnerung, jetzt hielt er eine Frau in den Armen, die ihre ganze Liebeskraft, wie es schien, für diese Stunde aufgespart hatte. Das Lächeln des Glücks verklärte ihr Gesicht. Die zurückliegenden Jahre ohne ihn schienen ihr wie eine Zeit der Verpuppung. Sie hatte nicht richtig gelebt, sie hatte gewartet. Jetzt war sie zum Leben erwacht, jetzt breitete sie die Flügel aus. Fliegen, brennen, leben. »Ich liebe dich.«

Als Maja erwachte, lag sie allein im Bett. Toni war nicht

mehr bei ihr. Im Raum herrschte diffuses Halbdunkel. Maja hatte jedes Zeitgefühl verloren. Es konnte mitten in der Nacht sein. Aus dem Bad hörte sie das Geräusch von laufendem Wasser. Jetzt wurde es still, und dann kam Toni aus dem Bad. Er setzte sich aufs Bett. »Maja, Liebling, wunderbare Wallfahrerin.«

Sie sah, daß er seine weiße Uniform trug. »Wie spät ist es?«

»Es geht auf sieben.«

Sie erschrak. »Was, es ist schon morgens. Ich war die ganze Nacht hier?«

Er lächelte: »Nicht sieben Uhr morgens, sieben Uhr abends. Die Ausflügler werden bald zurückkommen. Ich glaube, es wird Zeit für dich, dein Mann denkt, du liegst mit Migräne in der abgedunkelten Kabine und hütest das Bett, wie es so schön heißt. Er wird überrascht sein über deine wunderbare Heilung, aber so ist das in Santiago de Compostela, so eine Wallfahrt hat schon manches Frauenleben verändert.«

Maja sah Toni schweigend an. Seine Worte fielen langsam in sie, sanken zu Boden, lösten sich auf wie weißes Pulver in Wasser. Für Momente verwirrte sich alles in ihr, doch dann wurde es um so klarer. Sie wußte, was sie zu tun hatte. »Ich bleibe hier«, sagte sie fest.

»Das geht nicht, ich hab' dir doch gesagt, die Busse werden bald dasein.«

»Ich gehe nicht zurück zu Jürgen.«

»Maja, das ist nicht dein Ernst.«

Sie legte die Hände auf seine Schultern: »Liebst du mich?«

Er neigte sich über sie: »My one and only – mein ein und alles, meine Wallfahrerin, meine verlorene und wiedergefundene Maja, natürlich liebe ich dich – und weil ich dich liebe, muß ich vernünftig für uns beide sein. Du mußt jetzt gehen. Du hast einen Mann. Du bringst mich in Schwierigkeiten.«

Er stand auf. »Soll ich dir ein Bad einlassen?«

Maja saß am Kopfende des Bettes, die Arme um die nackten Beine geschlungen. »Ich werde mit Jürgen reden. Ich werde ihm alles sagen. Ich will nicht lügen, warum sollte ich lügen. Ich will nicht mehr mit Jürgen leben, ich werde mich scheiden lassen.«

Toni stand reglos. Das hatte er nicht erwartet. »Maja, jetzt hör mir mal gut zu, überstürze nichts, das wäre ein Fehler, glaub mir, das würdest du sicher bereuen.«

»Ich versteh' dich nicht. Wir lieben uns –«

»Du bist verheiratet, vergiß das nicht.«

»Ich lasse mich scheiden. Ich hätte es längst tun sollen.«

Toni zwang sich zur Geduld und setzte sich wieder zu ihr aufs Bett. Er nahm ihre Hände. »Ich liebe dich, das weißt du.«

Maja rückte näher zu ihm und sah ihn erwartungsvoll an.

»Ich habe eine Bitte«, fuhr Toni fort, »versprich mir, daß du im Moment nichts unternimmst. Laß unsere Liebe ein Geheimnis sein, bitte. Wenn du deinem Mann sagst, daß du mit mir im Bett warst, gibt es einen Riesenkrach.«

»Du verlangst von mir, daß ich ihn anlüge.«

»Dreh mir nicht das Wort im Mund um. Bitte, versetz dich mal in meine Lage. Als Schiffsarzt kann ich nicht einfach tun und lassen, was ich will. Ich bin Offizier, ich unterstehe dem Kapitän. Ein Schiffsarzt, der die Frau eines Passagiers bei sich einquartiert, das ist ein Entlassungsgrund, ist dir das klar?«

»Das heißt, wir dürfen uns nicht wiedersehen«, Majas Stimme war tonlos.

»Solange niemand etwas weiß, ist alles o. k. Es liegt nur an uns.«

»Du meinst...«

Maja schien endlich begriffen zu haben. Er zog sie an sich und hielt sie fest. »Wir haben so viel Zeit, wir sind jung, glaub mir, alles wird gut werden.«

Im Atlantik

Das Meer war graugrün. Wellen, groß wie Berge, die langen Kämme mit weißen Schaumkronen bedeckt, rollten heran. Der Sturm riß den Schaum mit sich und warf Teppiche von weißem Gischt über das Wasser.

Auf der Brücke war das Heulen und Pfeifen des Sturms so laut, daß die Männer dort schreien mußten, um sich verständlich zu machen.

Stefan trat zum Kapitän, der neben dem Rudergänger stand. »Der Wetterdienst hat sich mal wieder verrechnet, 35–40 Knoten haben sie gesagt, Meer 8, in Wirklichkeit haben wir 60 Knoten. Da sind satte 12.«

Kapitän Krüger nickte. »Ich hab' gerochen, daß sich über den Azoren was zusammenbraut.«

»Eine richtige Galavorstellung für Ihre letzte Fahrt.«

Krüger sah geradeaus. »Es soll nur eine kurze Passage sein.«

Eine Regenbö peitschte die Wellen flach und verwandelte alles in meterhohen schäumenden Gischt. Das Meer wälzte sich wie eine weiße Mauer auf das Schiff zu und begrub das Vorschiff. Für Sekunden war die Sicht null. Nur der Rudergänger sah etwas, er hatte eine Klarsichtscheibe vor sich, bei der ein schnell rotierendes Glas das Wasser wegschleuderte. Durch die Wände spürte man den ungeheuren Druck des Sturms. Es wäre unmöglich gewesen, eine Tür nach draußen zu öffnen. Ein harter Stoß ließ das Schiff erzittern, als es jetzt in eine See einsetzte. Kapitän Krüger wandte sich an Stefan. »Ich hoffe, es fällt keinem Passagier ein, nach draußen zu gehen.«

»Unsere Leute sind auf dem Posten.«

»Ein idealer Tag zum Skatspielen.« Nach einer Pause

sagte Kapitän Krüger ohne Einleitung zu Stefan: »Sylvie hat angedroht zu kündigen und in Nassau von Bord zu gehen. Sie sollten das in Ordnung bringen. Heute wird nicht viel los sein im Frisiersalon.«

Stefan legte die Hand an die Mütze. »Ay, ay, Sir.«

»Das ist ein Befehl.«

Die Passagiere nahmen das schwere Wetter nicht so gelassen wie die Männer auf der Brücke. Sie hörten das dunkle Sausen und Heulen des Sturms, sie spürten die plötzlichen Stöße des Schiffs, wenn es hart einsetzte. In den Kabinen war es schwer zu sagen, wie das Schiff sich bewegte. Solange man im Bett blieb, hatte man das Gefühl, hin und her gerollt zu werden. Wenn man aufstand, konnte es kritisch werden. Plötzlich verlor man das Gleichgewicht und mußte sich festhalten, ohne daß man genau hätte sagen können, ob das Schiff auf und ab ginge oder Korkenzieherbewegungen machte.

Im Spital gaben sich die Seekranken die Klinke in die Hand. Ernstere Fälle waren ein gebrochener Fuß, ein ausgerenkter Arm und eine Platzwunde an der Stirn.

Tutti von Falkenhayn hatte sich eine Wilhelm Busch-Sammlung aus der Bibliothek geholt und es sich im Bett gemütlich gemacht. Zum zweiten Frühstück schickte sie eine Magnumflasche Champagner auf die Brücke, als kleine Aufmerksamkeit für Käptn Krüger und seine Männer.

Gaby war sehr beeindruckt von den haushohen Wellen mit den weißen Gischtkämmen vor dem Fenster. Als das Schiff das erstemal hart einsetzte, zog sie die Schwimmweste an und machte sich für den Ernstfall bereit. Aber bald wurde ihr diese Ausstattung zu warm. Sie ging mit Monique in die Bibliothek und holte zwei Video-Bänder, einmal *Charlie Brown*, einmal *Tom & Jerry*. Den Nachmittag verbrachte sie mit Monique im Bordkino, wo alte Buster Keaton-Filme gezeigt wurden.

Max Leupold hatte mit Ricardo Lütjens, Alpha Skolbe und Senkowitsch eine Skatrunde aufgemacht.

Es wurde ein Tag, an dem Gleichgesinnte sich fanden, sei es nun in der Bibliothek, im Musikzimmer oder in den verschiedenen Bars. Die Boutiquen machten Rekordumsatz. Die zwei Araberinnen kauften all die Stücke, die den anderen Passagieren zu teuer waren.

In der Küche herrschte Hochbetrieb. Nach der alten Tradition, die Passagiere bei schlechtem Wetter durch besonders gutes Essen bei Laune zu halten, verwöhnte man sie bereits zum zweiten Frühstück mit Lachs und Gänseleberparfait. Am Nachmittag servierte man einen verschwenderischen High Tea im englischen Stil mit Wildbrethäppchen in Aspik und warmen Morchelpastetchen. Nachher liefen die Vorbereitungen für die Party der Araber, die abends stattfinden sollte. In der kalten Küche entstanden wahre Kunstwerke: Schwäne aus Butter, Nixen aus rosa Hummerfleisch, Pyramiden aus Spargel, Krokodile aus Kaviar, Sphinxe aus Krokant und Eis.

Draußen tobte der Sturm unvermindert. In endloser Folge rollten die Atlantikwellen heran. Immer wieder verschwand das Vorschiff im weißen Gischt, immer wieder erhob sich der Bug und schickte sich an, die nächste Welle zu durchpflügen.

Die *Berlin* machte gedrosselte Fahrt. Kapitän Krüger hatte die Kraft etwas zurückgenommen, damit nur ja kein Cocktailglas auf dem Kleid einer Dame landete.

»Ich habe schon wieder ein Pfund zugenommen.« Petra stand in Hemd und Höschen vor dem Spiegel. »Wenn das so weitergeht, bin ich am Ende der Reise Anita Ekberg.«

Irene, die einen faulen Tag hinter sich hatte, mit viel Schlafen, Lesen, Musik und wenig Essen, ließ die Biographie von Coco Chanel sinken, die Ruperti ihr geliehen hatte. »Wie geht es deinem Stefan? Hast du dich mal wieder geprügelt wegen ihm?«

Petra überging die Anspielung. »Stefan hat den ganzen Tag Dienst. Aber ich habe die Zeit genutzt und einen Mann für dich gefunden, einen Südtiroler, besitzt Steinbrüche und wohnt in einer richtigen Burg, irgendwo zwischen Bozen und Meran. Steinreich und unverheiratet.«

»Mit dem kann was nicht stimmen.«

»Er heißt Gunther Gasparis, scheint zum Jet-Set zu gehören, auf jeden Fall ist er mit den Arabern befreundet, und jetzt kommt das beste, die Araber geben heute eine Party, und Gasparis nimmt uns mit.«

»Du meinst, dich, mich hat niemand eingeladen.«

»Du bist eingeladen, sogar ausdrücklich. Gunther Gasparis – guter Name, was – würde sich glücklich schätzen – wörtlich zitiert – die Dame in dem Lachsfarbenen zu sehen.«

»Das erfindest du alles, ich bleibe im Bett.«

»Ich schwör's dir. Er sitzt im Speisesaal, nur zwei Tische weiter. Du bist ihm aufgefallen. Jetzt steh schon auf und mach dich schön.«

»Ich bleibe im Bett. Ich mache es wie Dornröschen, ich schlafe, bis ein Prinz mich findet.«

»Überleg dir lieber, was du anziehen wirst.«

»Du hast sicher mein trauriges Witwenschicksal vor ihm ausgebreitet.«

»Ich habe ihm gesagt, daß du ein Angebot hast, die Berliner Boutique von Immers und Ruperti aufzuziehen.«

»Du bist verrückt, das ist überhaupt nicht spruchreif, eine Nightcap-Idee, mehr nicht.«

»Hat den Steinbruchbesitzer aber sehr beeindruckt. Karrierefrauen sind in. Also, was ziehst du an?«

»Auf keinen Fall das Lachsfarbene. – Die Araberinnen kommen sicher sehr farbig und mit viel Schmuck behangen, dagegen kann man nur mit einem kleinen Schwarzen anstinken, würde Coco Chanel sagen.«

»Weißt du, daß gestern die Araberin eine Perlenkette im Swimmingpool verloren hat. Schätzwert eine Million.

Scheich Mehmed hat dem Bademeister, der sie herausfischte, eine Belohnung von zehntausend Dollar gegeben, einfach so.« Petra trat vor den Schrankspiegel und betrachtete ihr Gesicht. »Ich möchte bloß wissen, was eine Frau haben muß, damit ihr ein Mann eine Perlenkette umhängt, die eine Million wert ist.«

Als Max Leupold vom Skatspielen zurückkam, sah er als erstes die durchsichtige Celluloidschachtel mit dem weißen Orchideenzweig. Unter dem silbernen Band steckte ein Kuvert, darauf stand Monique Chessex. Auf der Rückseite trug das Kuvert arabische Schriftzeichen. Der geht ja ran, dachte er, und trug die Celluloidschachtel in die Kabine nebenan.

Auf Moniques Nachttisch stand schon eine Glasvase mit einem Orchideenzweig. Sie hatte ihm nichts davon gesagt. Auch Gaby nicht. Die beiden hielten zusammen. Max wußte nicht, ob er sich darüber freuen oder ärgern sollte. Er stellte die Schachtel auf den Tisch und kehrte mit einem Gefühl dumpfer Eifersucht in seine Kabine zurück.

Er hatte zwar eine Einladung zu der Party der Araber, wollte aber eigentlich nicht hingehen. Die redeten nur französisch, und er würde blöd rumstehn. Doch jetzt besann er sich anders. Er nahm den Smoking aus dem Schrank und stellte fest, daß der Anzug aufgebügelt werden mußte, um gesellschaftsfähig zu sein. Sich selber verordnete er erst mal eine Erfrischung.

Max Leupold war Sylvies letzter Kunde für diesen Tag. An der Tür steckte bereits der Schlüssel.

Leupold schloß die Augen und überließ sich dem Scheren-Liedchen, das um seinen Kopf summte wie eine friedliche Sommerhummel, Schnipp, Schnipp, Schnipp...

Er hätte nicht sagen können, warum, er fühlte nur, wie eine tiefe Zufriedenheit sich in ihm ausbreitete, eine Zufriedenheit, wie er sie lange nicht mehr so bewußt erlebt hatte. Alles war gut, alles war in Ordnung, in ihm, um ihn herum. Die ganze Welt schien friedlich vor sich hin zu summen.

»Wollen Sie mal schauen?« Sylvie stand mit dem Spiegel hinter ihm. »Mehr wollte ich nicht wegschneiden.«

»Wenn es Ihnen gefällt, wird es meinen Frauen auch gefallen.«

Sylvie wurde hellhörig. »Frauen? Wie viele haben Sie denn?«

»Zwei«, sagte er stolz.

»Zwei? Ist eine davon die Schwiegermutter?«

»Nein, beide sind jung, beide sind hübsch.«

»Und die machen da mit?«

»Ein Herz und eine Seele.«

»Das gibt's nicht.«

»Reine Erziehungssache.«

»Typisch Mann. Wir Frauen sind nur Spielzeug.« Sylvie nahm den Umhang ab und entfernte mit einem weichen Pinsel die Haare von Hals und Kragen. Max Leupold beobachtete sie. Er hätte gern den absurden Dialog weitergesponnen. »Hab' ich's mir jetzt mit Ihnen verdorben?«

Von Sylvie kam ein Seufzer. »Alle Männer haben's mit mir verdorben.«

»Das ist etwas voreilig. Sie kennen ja gar nicht alle, dazu sind Sie viel zu jung.«

»Ich« – Sylvie stockte, preßte die Lippen aufeinander, aber es war zu spät, sie konnte die Tränen nicht mehr zurückhalten.

Max Leupold war verwirrt. Tränen – das hatte er nicht beabsichtigt mit dem Geplänkel. »Nanu, hab' ich was Falsches gesagt?« Sylvie schüttelte den Kopf und wischte die Tränen mit dem Handrücken weg.

»Liebeskummer?«

Sylvie nickte und schluchzte.

Max Leupold hatte ein schlechtes Gewissen. Er stand auf und nahm sie in die Arme, wie man ein weinendes Kind in die Arme nimmt. »Wissen Sie, was wir zwei jetzt machen, wir gehen in die Bar und trinken was, dann sieht gleich alles anders aus. Ich war ja ohnehin der letzte.«

Ein halbes Glas süßer roter Krim-Sekt genügte, und Sylvie lachte wieder. Max Leupold steckte ihr eine Salzmandel in den Mund. »So gefallen Sie mir schon besser.«

Sie zog den dünnen Träger ihres Gypsykleides, der immer von der Achsel rutschte, nach oben. »Das ist der Alkohol. Nach einem halben Glas habe ich einen Schwips.«

»Vergessen Sie diesen Stefan. Wissen Sie, diese Schiffsoffiziere sind alle gleich, keine Träne wert.«

»Wollen Sie wissen,. was ich mit der rothaarigen Schickse gemacht habe?« Sie machte eine Pause und sagte dann mit strahlenden Augen: »Ich habe sie geprügelt. Sie ist einen Kopf größer als ich, aber ich war so in Wut, ich hätte sie glatt in Stücke gerissen. Wenn Stefan nicht dazugekommen wäre, hätte sie es nicht überlebt. Ich habe ihr gezeigt, wer die Nummer eins ist. Ich bin die Nummer eins und sonst niemand.«

Stefan stand schon seit einer ganzen Weile am Eingang der Bar und hörte zu. Jetzt trat er hinter Sylvie und legte ihr die Hände auf die Augen. »Ich weiß gar nicht, was du hast, bei mir bist du immer die Nummer eins.«

Sylvie drehte langsam den Kopf. »Wie war das?«

»Du bist die Nummer eins bei mir, jetzt hast du es vor Zeugen gehört.«

Sie sah zu ihm auf. »Was bist du bloß für ein Mensch.«

Er lächelte sein unverschämtestes Lächeln. »Der Kern ist gut.«

Scheich Mehmed hatte sechzig Personen zu der Party eingeladen und damit gerechnet, daß doppelt soviel kommen würden, aber es waren jetzt sicher an die zweihundert Menschen im Club, und angelockt durch die Musik, drängten immer noch neue herein.

Die Kapelle spielte Melodien aus Broadway-Musicals,

und die Tanzfläche war voll. Das kalte Buffet glich einer Ruinenlandschaft; die Köche mit den hohen weißen Mützen hatten ein SOS an die Küche gegeben, daß sie Nachschub brauchten.

Die Gespräche drehten sich alle um ein Thema: das Wetter. Wie lange würde der Sturm dauern. Wann würde man wieder nach draußen können. In der offiziellen Bekanntgabe am Morgen war die Rede von einem kleinen Tief, das man passierte, mittlerweile ging es gegen Abend, und der Sturm tobte noch immer in einer Stärke, daß man sich nur drinnen aufhalten konnte. Die Wucht der Böen war lebensgefährlich, sie hätten einen Menschen einfach über Bord geweht. Alle warteten auf Kapitän Krüger, und als er jetzt erschien – am Arm hatte er Tutti von Falkenhayn –, war er sofort der Mittelpunkt der Party. Ein Schwarm von Damen umringte ihn.

»Ich schätze, wir hatten heute früh Windstärke 15.«

Käptn Krüger lächelte. »Ich widerspreche einer Dame nur ungern, aber die Spitze lag bei 12.«

»Das Vordeck war ständig unter Wasser.«

»Das sah nur so aus. Gischt, nicht Wasser.«

»Und die Medizin versagt wieder mal. Bis heute haben sie noch kein hundertprozentiges Mittel gegen Seekrankheit gefunden.«

Tutti von Falkenhayn lachte. »Wodka! Wodka heilt alles, wovor die Medizin kapituliert, Liebeskummer, Migräne – und Seekrankheit.«

»Wodka?«

»Mit Wodka habe ich den schlimmsten Sturm meines Lebens tadellos überstanden.«

»Erzählen Sie –«

»Es war auf der *Queen Mary*. Der Sturm sah nach Weltende aus. Und damals gab es noch keine Stabilisatoren. Damit man sich überhaupt noch auf dem Schiff bewegen konnte, ohne zu stürzen und sich zu verletzen, spannten sie Haltetaue, etwa in Brusthöhe, richtig dicke Schiffstaue, mit rotem Samt verkleidet und an Bronzebeschlägen an den Wänden befestigt, in den Gängen, auf den Treppen, überall. Aber die meisten blieben sowieso im Bett. Die ganze Kapelle war seekrank. Zum Glück hatten wir unter den Passagieren einen berühmten Pianisten, der sprang ein. Wir fesselten ihn an seinen Hocker, damit er nicht herunterfiele, wenn ein Brecher das Schiff schüttelte. Zur Mondscheinsonate haben wir Slowfox getanzt...«

Tita Lütjens sah den Kapitän fragend an: »Wird der Sturm noch lange dauern?«

»Er wird sich während der Nacht legen. Morgen ist es wieder ruhiger und das Wetter schön.«

Die gute Nachricht machte die Runde und kam auch Scheich Mehmed zu Ohren. Der arabische Ölmagnat kannte sich auf dem Atlantik aus; für gewöhnlich fuhr er auf seiner eigenen Hochseeyacht in die Karibik; daß er die Reise auf einem Schiff wie der *Berlin* machte, hatte einen besonderen Grund: Im Hafen von Nassau lag seine neue Hochseeyacht, die *Selim*, bereit, ein Schiff, das er sich in Italien hatte bauen lassen.

Scheich Mehmed kam auf Kapitän Krüger zu und begrüßte ihn herzlich. »Alle reden davon, daß sich das Wetter bessern soll, ich glaube es nur, wenn ich es aus Ihrem Mund höre.«

»Im Lauf der Nacht wird es ruhiger.«

Diese vage Antwort genügte Scheich Mehmed nicht. »Sagen Sie mir die Wahrheit. Ich kenn' mich ein bißchen aus. Ich weiß, ein Azorentief kann tagelang dauern. Wir hockten einmal geschlagene fünf Tage beigedreht in so einem Sturm.«

»Wir haben die kleine Front bald passiert«, versicherte ihm Kapitän Krüger, »morgen ist alles vorbei.«

»Hoffentlich«, das Mißtrauen des Arabers war immer noch nicht ganz zerstreut. »Mir persönlich macht es nichts aus, verstehen Sie, aber mein Falkner ist in Panik. Die jungen Tiere fressen nicht und lassen die Flügel hängen.«

»Ich gebe Ihnen mein Wort, wir haben die Front bald hinter uns.«

»Ich weiß nicht, ob Sie das verstehn, aber meine Falken sind mein alles. Pferde und Falken, das liegt in der Familie. Auf meinem neuen Boot« – der Scheich nannte seine riesigen Yachten nie anders als Boote – »habe ich für die Falken einen richtigen Falkenhof bauen lassen, auf dem gleichen Deck, auf dem ich mit meiner Familie wohne. Jagdfalken sind Familientiere. – Haben Sie Lust, die *Selim* anzuschauen? Sie liegt in Nassau.«

»Mit Vergnügen! Man hört ja Wunderdinge von Ihrer neuen Yacht. Wo ist sie gebaut worden?«

»In Italien, bei Benetti, 63 Meter lang, drei Decks, ein Helikopter, zwei Speedboats, und das ganze Drum und Dran der modernen Technik. Elektronik wie in einem Flugzeug.«

»Und die Motoren?«

»Zwei 3500-PS-Motoren mit Turboladern. Wir machen 21 Knoten. Die *Selim* ist atlantiktüchtig. Sie wurde im Februar fertig, dann kamen zwei Monate mit Tests, jetzt liegt sie in Nassau.«

»Und Sie fahren mit unserem Dickschiff über den großen Teich.«

»Die Probefahrt mache ich nie mit; das mute ich meiner Familie nicht zu. Auf einem neuen Boot ist doch dauernd etwas kaputt. Mal gibt es kein warmes Wasser, mal keine Eiswürfel, dann funktioniert die Klimatisierung nicht, und man sitzt in einem Backofen... Nein, nein, auf den Probefahrten überlasse ich meine Boote prinzipiell den Ingenieuren.«

»Und die Mannschaft, ist die auch italienisch?«

»Italiener und Ägypter, aber mit der Mannschaft ist ja immer was. Gestern kam ein Telex, daß der Kapitän im Spital liegt. Er ist gestürzt und hat sich am Rücken verletzt. Verdacht auf Querschnittlähmung. So oder so, er wird monatelang ausfallen, und ich muß mir einen neuen suchen.

Wissen Sie zufällig einen guten Mann?«

»Sie brauchen einen Kapitän?« Krüger schien angestrengt nachzudenken. »Wenn ich Ihnen nicht zu alt bin, können Sie mich haben. Das ist meine letzte Fahrt auf der *Berlin.*«

»Ist das Ihr Ernst?«

Krüger schwieg und schmunzelte.

»Dann sollten wir morgen in Ruhe darüber reden.«

»Warum nicht.«

Tutti von Falkenhayn hatte schweigend zugehört. Nachdem sie wieder allein waren, murmelte sie halblaut: »Deine Frau bringt dich um, wenn du auf der *Selim* anheuerst.«

»Steht das in meinen Karten, oder hast du es aus dem Kaffeesatz gelesen.«

»Du ungläubiger Thomas, du.«

»Überhaupt nicht, sag mir lieber, wie die Aussichten für unseren Heiratskandidaten stehen. Ich habe der Kleinen versprochen, daß ich die Trauung mache.«

»Ich hab's nicht vergessen. Die Kleine bekommt ihre Hochzeit.« Tutti von Falkenhayn liebte es, ein bißchen zu kuppeln, und so hatte Kapitän Krüger Gabys Problem in ihre Hände gelegt. Tutti zog Krüger in Richtung Bar.

»Nichts essen?« fragte er erstaunt.

»Auf dem Buffet sind nur noch Reste. Man könnte glauben, die Leute haben seit drei Tagen keinen Bissen mehr gekriegt. Bestell mir einen Wodka, eiskalt, und ich zeig' dir die Frau, die Max Leupold heiraten wird.«

»Soweit ist es schon? Das ging ja verdammt schnell.«

Sie tranken sich lächelnd zu. »Siehst du die Brünette dort, mit der weißen Orchidee im Haar, das ist sie.«

»Hübsche Frau – aber der Mann, der mit ihr flirtet, ist nicht Max Leupold.«

»Natürlich nicht.«

»Wieso, ich denke ...«

»Nicht denken«, unterbrach sie ihn. »Hast du vielleicht

gedacht, als du geheiratet hast? Du hast nur gesehen, daß da einer ist, der wie eine Klette um deine Dorothy herumscharwänzelt. Du bekamst Angst, daß er sie dir wegschnappt, und schon warst du mit ihr verheiratet. So funktioniert das. Monique Chessex ist Gabys Privatlehrerin. Seit knapp einem Jahr lebt sie bei den Leupolds, aber so ist das, was ein Mann im Haus hat, sieht er nicht.«

Krüger überging Tuttis Stichelei. »Diese Monique ist eine aparte Frau.«

»Wir hatten gestern ein gemütliches Stündchen miteinander, wir verstehen uns prächtig.«

»Und?«

»Was und? Sie ist eine intelligente Person und hat sofort begriffen...«

»Heißt das, du hast ihr den Rat gegeben, mit dem Prinzen zu flirten?«

»Das mußte ich ja gar nicht, der Prinz macht ihr vom ersten Tag an den Hof. Ich habe ihr nur geraten, das Feuer zu schüren. So, wie ich Max Leupold einschätze, braucht es einiges, bis er in Fahrt kommt.«

Tutti entdeckte Maja unter den Leuten. Sie tanzte mit ihrem Mann. Toni Becker stand an der Tür und plauderte mit dem 1. Offizier. Maja suchte Tonis Blick, doch der reagierte nicht. Jetzt trat Petra zu den beiden.

»Diese Rothaarige«, fragte Kapitän Krüger, »ist das die Berlinerin, mit der Sylvie sich geprügelt hat, wegen Stefan?«

Tutti tat entrüstet. »Seit wann kümmerst du dich um Klatsch?«

»Was heißt Klatsch. Sylvie droht wieder mal mit Kündigung.«

Tutti zuckte mit den Schultern. »Es gäbe Schlimmeres, zum Beispiel, wenn der Schiffsarzt mit der Frau eines Passagiers in Nassau durchbrennt.«

»Wie war das? Dr. Becker...«

»Seine Jugendliebe ist an Bord. Rein zufällig. Wenn es

dich interessiert, sie tanzt gerade mit ihrem Ehemann, die Große mit der Mannequinfigur in der Glitzerbluse. Ich sage dir, es ist was los auf dieser Reise. Stefan hat recht, das Südseefieber geht um.«

»Und wer ist die Blondine, die eben hereingekommen ist. Sie steht bei Petra.«

Tutti reckte den Kopf, und die Reiherfedern in ihrem Haar wippten leise. »Das ist Irene, die Freundin von Petra. Beide kommen aus Berlin, beide arbeiten im KDW, Petra in der Parfümerie, Irene in der Dekoration. Irene ist seit drei Jahren Witwe. Sie machen die Reise zusammen, aber so was von verschieden wie die zwei... Übrigens, sie heißt Krüger wie du.«

»Du hättest Detektiv werden sollen. Wie machst du das eigentlich, in kürzester Zeit kennst du alle und weißt alles über sie.«

»Ganz einfach, ich rede mit den Leuten. Ein bißchen Astrologie, ein bißchen Kartenlegen. Irene ist ein interessanter Fall. Die Karten spielen verrückt bei ihr. Das erste Mal haben wir es an Deck gemacht. Du weißt schon, die schnelle Tour, ich mische, und lasse dreimal abheben, und so weiter. Bei ihr kamen immer die gleichen Karten. Sie dachte schon, es ist ein Trick von mir, immer die Herzneun, immer die Herzsechs, das bedeutet Glück und Liebe, und dann Pik As, die Schicksalskarte, das bedeutet, daß sich ihr ganzes Leben ändern wird. Irre Kombination. Ich hab' zu ihr gesagt, meine Liebe, wenn Sie einen Mann suchen, dann finden Sie ihn jetzt. Und was war ihre Antwort? ›Ich suche gar nichts, wenn es sein soll, passiert es von ganz allein.‹«

»Und wer ist der Typ, der sie jetzt zur Tanzfläche führt?«

»Das ist Gasparis, Südtiroler, Schloß- und Steinbruchbesitzer, Jet-set-Junggeselle. Er hat sie zu der Araberparty eingeladen, aber du siehst ja, sie erscheint mit einer halben Stunde Verspätung. Er hat keine Chancen.«

»Soll ich es mal versuchen?«

»Untersteh dich.«

»Rein wissenschaftlich zur Erforschung der weiblichen Seele, und außerdem ist sie meine Namenstochter.«

»Zwing mich nicht, dich zu enterben.«

»Sie gefällt mir.«

»Ich bringe dich um.«

Der Bordphotograph hatte von Scheich Mehmed den Auftrag, die Gäste mit der Polaroidkamera zu photographieren und ihnen die Bilder als Andenken auszuhändigen; eine Geste, die großen Anklang fand, aber viele wollten zum Andenken auch ein Bild vom Gastgeber mit seiner Frau Fatimah und seinen vier Kindern. Wohl oder übel mußte die Familie sich fügen und für ein Gruppenphoto posieren.

Fatimah war Ägypterin und vor ihrer Heirat eine gefeierte Filmschauspielerin gewesen. Sie trug ein Kleid aus golddurchwirkter Seide und viele Perlenketten, von denen die längste fast bis zum Saum ihres Kleides reichte. Sie war eine Frau ohne Alter; mit dem unverwandten Blick und dem rätselvollen Lächeln einer Sphinx blickte sie in die Kamera. Rund um das Paar standen die vier Kinder im Alter von zwölf bis zwanzig. Vier bizarre Gestalten, die aussahen, als wären sie dem Amadeus-Film entsprungen. In ihrer Begeisterung für den Mozart-Film hatten sie in den Londoner Boutiquen alles aufgekauft, was an Mozartlook zu finden war.

Die Kamera produzierte blitzend und schnurrend ein Photo nach dem anderen, und die Umstehenden, die eines ergattert hatten, konnten zusehen, wie das Bild sich vor ihren Augen entwickelte.

Auch Gaby drückte sich bei dem Photographen herum. Ein Bild hatte sie schon, aber sie wollte noch ein zweites. Prinz Jussuf hatte es ihr angetan. In dem türkisblauen Seidenspenzer mit den blaßrosa Kniehosen und dem Rüschenhemd war er so schön, daß sie am liebsten zu ihm gegangen wäre, um sich mit ihm zusammen photographieren zu lassen.

»Da bist du ja«, ihr Vater nahm ihre Hand. »Komm, wir holen was Süßes. Sie haben wunderbare Sachen.«

»Ich habe keinen Hunger.«

Er sah sie besorgt an. »Ist dir nicht gut?« Sie streckte sich und flüsterte ihm ins Ohr: »Ich glaube, ich hab' mich verliebt«, sie sprach so leise, daß er nichts verstehen konnte. Aus dem Mikrophon dröhnte *Stormy Weather,* Dodo sang es auf speziellen Wunsch des Scheichs.

Vier Stockwerke unter dem Promenadendeck, wo die Party gefeiert wurde, im Gemeinschaftsraum des Personals, saßen die Stewards beim Abendessen. Sie warteten schon auf die Nachspeise. Die Uhr über der Tür zeigte zehn Minuten vor sechs. Saki drückte die Zigarette aus, legte die Serviette weg und stand auf.

Draußen auf dem Korridor beschleunigte er den Schritt und eilte zum Warenlift. Er fuhr einen Stock tiefer und stellte den Lift fest, so daß niemand ihn holen konnte. In der Wäschekammer standen die Wagen mit der Badewäsche, die jeden Abend frisch verteilt wurde. Je nach Deck hatten die Wagen eine andere Farbmarkierung, B-Deck hatte orange, A-Deck blau, Hauptdeck gelb und Promenadendeck hellgrün. Saki schob den Wagen mit der hellgrünen Markierung aus der Wäschekammer. An der Tür versicherte er sich, daß er allein war, und stieß den Wäschekarren schnell in den Warenlift.

Langsam fuhr der Lift die fünf Stockwerke aufwärts zum Promenadendeck. Dodo war dagegen, daß er es heute tat; sie hatte ihn beschworen zu warten; als er nicht auf sie hören wollte, hatte sie es ihm verbieten wollen. Im Streit waren sie auseinandergegangen. Dodo hielt ihn für einen dummen Jungen. Er würde ihr beweisen, daß er ihre guten Ratschläge nicht brauchte.

Die Kabinen 101 bis 122, in denen die Araber wohnten,

hatten eine eigene Pantry. In dieser Pantry hielt der Warenlift. Saki blockierte den Lift, so daß die Türen sich nicht mehr schließen konnten, und schob den Wäschekarren hinaus.

Die Tür zum Zimmer der Leibwächter stand offen, aber keiner der beiden zeigte sich. Der Fernseher lief in voller Lautstärke. Saki nahm einen Stapel von zwölf Badetüchern und begann den Rundgang durch die Kabinen. Er arbeitete ohne Hast. Er mußte sich selbst beweisen, daß er furchtlos war. Gab es nicht eine Stelle im Koran, wo es hieß, daß Allah die Diebe liebte, die den Reichen nahmen, um den Armen zu geben. Was machte er anderes, er nahm einem Reichen, um einem Armen zu geben, nämlich sich.

Überall brannten schon die Lampen. Vor den Fenstern tobte der Sturm. Mit einem Arm voller gebrauchter Tücher trat er den Rückweg an. Der Geldkoffer stand am gewohnten Platz, in der Kabine des Scheichs auf dem Schreibtisch, wo die Zeitungen lagen. In der Nähe des Fensters, auf schweren Bronzeständern, hockten die zwei Jagdfalken, reglos, stumm. Sie beobachteten ihn. Ihre Gegenwart irritierte ihn.

Saki nahm den Koffer und schlug ein Frotteetuch darum. Dann stopfte er ihn unter die gebrauchten Tücher. Das Wäschebündel war jetzt doppelt so schwer, und Saki dachte an Dodo: Von jetzt an wird sie mich nie mehr wie einen dummen Jungen behandeln.

Er trat auf den Korridor. Bevor er die Tür schloß, war hinter ihm der Flügelschlag des Falken zu hören, ein hartes, scharfes Geräusch. Schnell zog er die Tür zu. Nur noch ein paar Schritte, und er konnte das Bündel in den Container werfen. Aber er kam nicht mehr bis zum Wäschewagen. Am Ende des Korridors stand plötzlich ein Leibwächter vor ihm. Das glatte wohlgenährte Gesicht war ausdruckslos; die Stimme klang drohend. »Just a moment!« Gleichzeitig trat von hinten der zweite Leibwächter an Saki heran. Saki konnte seine Gürtelschnalle im

Rücken fühlen, oder war es der Pistolenhalfter? Er wehrte sich nicht, als sie ihm die Arme nach hinten rissen. Das Wäschebündel fiel zu Boden, der Koffer wurde sichtbar.

Die zwei Wachen verständigten sich mit Blicken. Das letzte, was Saki hörte, war ein gutturales »sorry«, dann bekam er einen dumpfen Schlag ins Genick, und die Beine gaben unter ihm nach. Bevor er das Bewußtsein verlor, hatte er das Gefühl, an einem Fallschirm zu hängen und langsam, ganz langsam ins Dunkel zu schweben.

Die zwei Wächter durchsuchten Saki gründlich, Tasche für Tasche; sie fanden nur ein Päckchen Zigaretten und ein billiges Wegwerffeuerzeug. Sie setzten ihm die Stewardmütze fest in die Stirn und schleppten ihn nach draußen. Gegen den Sturm ankämpfend, brachten sie ihn durch den Seitengang nach hinten, zur offenen Reling, unterhalb der Rettungsboote. Dort warfen sie ihn über Bord. Mit baumelnden Armen und Beinen, wie eine Stoffpuppe, stürzte der bewußtlose Körper in die Tiefe. Das Heulen des Sturms und das Brausen des Meers übertönte den Aufschlag ins Wasser. Die weiße Stewardmütze wirbelte durch die Luft, landete auf einem Wellenkamm und wurde von den Fluten begraben.

Schweigend kehrten die Leibwächter ins Innere zurück; schweigend machten sie Ordnung. Sie warfen die gebrauchten Tücher in den Container des Wäschewagens, rollten den Wagen in den Warenlift und drückten auf den Knopf für das unterste Stockwerk.

Der Geldkoffer stand noch immer im Korridor. Sie brachten ihn zurück in die Kabine von Scheich Mehmed und legten ihn auf den gewohnten Platz, auf den Schreibtisch neben die Zeitungen.

Bevor sie die Kabine verließen, trat der eine der Wächter zu den Falken. Er redete sie leise mit ihren Namen an und fuhr ihnen behutsam übers Gefieder.

Sie berieten lange, ob sie dem Scheich von dem Vorfall

berichten sollten; wenn sie den Hergang wahrheitsgetreu beschrieben, würde der Scheich mit einem Wutausbruch reagieren. In seinen Augen hatten sie versagt. Nicht, weil sie einen Steward über Bord geworfen hatten – das Leben eines Diebs wog weniger als die Flaumfeder eines Falken –, sie hatten versagt, weil sie nicht auf dem Posten gewesen waren. Sie einigten sich, den Vorfall als ungeschehen zu betrachten und kein Wort darüber zu verlieren.

Eine Viertelstunde später vermißte man in der Wäschekammer den Wagen mit der hellgrünen Markierung. Man fand ihn im Warenlift, und damit war die Sache erledigt.

Sakis Abwesenheit fiel vorerst nicht auf. Sein Dienst war um fünf Uhr beendet gewesen; am nächsten Tag mußte er erst zu Mittag erscheinen.

Dodo kam kurz nach zwei Uhr nachts in ihre Kabine. Sie machte kein Licht, um Saki nicht zu wecken. Erst als sie ins Bett schlüpfte, merkte sie, daß er nicht da war. Er trug ihr also immer noch nach, daß sie ihn einen dummen Jungen genannt hatte. Sie schob sich die Nackenrolle unter den Kopf; sie war so müde, daß sie gern mal eine Nacht allein schlief.

Als Saki sich auch am Morgen nicht blicken ließ, rührte Dodo sein Trotz, und sie beschloß, von sich aus einzulenken. Im Gemeinschaftsraum fand sie ihn nicht; von seinen Zimmerkollegen erfuhr sie, daß er die Nacht nicht in seinem Bett verbracht hatte.

Das paßte ins Bild; wenn sie Streit hatten, machte Saki meist einen Kokain-Trip, und dazu zog er sich in einen stillen Winkel im Vorratslager zurück.

Um 12 Uhr begann sein Dienst, aber er tauchte nicht auf. Fluchend teilte der Chefsteward einen Ersatzmann ein. Erst abends erstattete der Chefsteward dem Kapitän eine Meldung, daß ein Mann fehlte. Zögernd lief die Suche an. Es dauerte zwei Tage, bis man im Vorratslager und im Kühlhaus das Unterste zuoberst gekehrt hatte – ohne Erfolg. Auch die Befragung des Personals brachte keinen Anhaltspunkt. Es sah so aus, als hätte Saki sich in Luft aufgelöst. Die Überlegungen, die Dodo anstellte, behielt sie für sich.

Südliches Meer

Maja und Jürgen waren im Swimmingpool und spielten mit einem großen bunten Ball; sie alberten herum, spritzten sich an, tauchten mit dem Ball unter, machten Verfolgungsjagden. Jürgen wurde immer wilder. Prustend wie ein Walroß kam er jetzt hoch und wollte Maja packen, aber sie entkam ihm. »Ich hab' genug«, rief sie ihm zu. Sie kletterte aus dem Swimmingpool, duschte sich und ging zu ihrem Liegestuhl.

Seit drei Tagen meinte das Wetter es gut mit ihnen: ein ruhiges Meer, ein wolkenloser Himmel und eine Sonne, deren Intensität schon den Süden vorausahnen ließ.

Maja trocknete sich ab. Sie war braun geworden in den letzten drei Tagen; sie sah es an dem Unterschied zwischen der weißen Haut unter dem Bikini und dem Rest des Körpers. Sie bräunte gut, ebenmäßig, in einem warmen Bronzeton. Auf Tonis Rat hin nahm sie kein Sonnenöl, sondern nur eine leichte Feuchtigkeitsemulsion.

Sie setzte sich und holte aus der Badetasche den Handspiegel. Der Knutschfleck zwischen Hals und Achsel war immer noch sichtbar. Zynisch, wie er sein konnte, hatte Toni gesagt: »Das ist für deinen Mann, aber ich garantiere dir, er sieht es nicht.« Sie nahm den Abdeckstift und versuchte den Knutschfleck zu überschminken. Es war fast ein Uhr. Zwischen eins und zwei hatte Toni Mittagspause, die Stunde, in der sie sich heimlich trafen, natürlich bei ihm, in seiner Kabine. Auf dem Weg dorthin hatte sie immer Angst, daß jemand sie sehen könnte. Aber was war das bißchen Angst gegen das Glück, endlich wieder bei ihm zu sein, in dem dämmerigen Raum mit den geschlossenen Jalousien, die nur da und dort Sonnenfunken durchließen.

Von draußen kamen die Geräusche des Schiffs, die kurzen, harten Aufschläge vom Tischtennis, die Stimmen vom Swimmingpool, alles ganz nah und doch Welten entfernt.

Sie schrak zusammen, als eine nasse Hand sich auf ihren Rücken legte. Es war Jürgen, und er deutete auf den Knutschfleck. »Stammt das von mir?«

»Das ist vom Schiff, ich hab' überall Flecken, auf einem Schiff schlägt man sich dauernd an.« Sie merkte, daß ihre Worte nach Verteidigung klangen, und verstummte.

»Wie wär's mit einem Planter's Punch?« fragte Jürgen.

»Ohne mich. Mir ist es zu heiß hier oben. Ich geh' nach unten und leg' mich ein bißchen hin.«

Jürgen nickte und gab ihr einen Klaps auf den Po. »Bleib mir treu.« Er sah ihr mit Besitzerstolz nach. Wenn sie bloß nicht so eifersüchtig wäre. Santiago und Dodo lagen ihr noch immer im Magen. Als er gestern zum Diner die schwarzen Schuhe anzog, die er dort zum Flamencotanzen gekauft hatte, war sie plötzlich wieder auf ihn losgegangen.

Er setzte die Sonnenbrille auf und hielt Ausschau nach Dodo. Seit Tagen ließ sie sich nicht mehr blicken, nicht am Pool, nicht in der Lounge, und abends in der Bar verschwand sie zwischen den Auftritten in ihrer Garderobe. Na ja, Frauen hatten eben ihre Launen.

Tutti von Falkenhayn, Irene und die Leupolds, denen es am Swimmingpool zu laut war, hatten sich etwas abseits im Windschatten der Glaswände eingerichtet. Ein halbes Dutzend Sonnenschirme, zu einer Art Zelt zusammengerückt, sorgte für Halbschatten.

Unter der Regie von Tutti entwickelten sich die Dinge gut, wenn auch langsam. Max Leupold hatte begriffen, daß Monique auf Männer attraktiv wirkte. Er reagierte darauf mit Beschützerinstinkt und wich nicht mehr von ihrer Seite.

Prinz Shaktoum störte das nicht, er kam immer wieder vorbei, setzte sich zu Monique und plauderte mit ihr.

Tuttis Taktik war raffiniert. Einerseits bestärkte sie Max

Leupold in seinem Eifer, Monique zu bewachen, andererseits sorgte sie dafür, daß immer mal männliche Besucher vorbeikamen, Stefan, Immers und Ruperti, Lütjens, Gasparis. Und wenn auch nicht alle Besuche Monique galten, Max Leupold kam nicht zur Ruhe, er garte auf kleiner Flamme.

Gaby hatte andere Sorgen. Am Abend fand ein Hut-Wettbewerb statt, und sie wollte unbedingt mitmachen. Sie hockte im Türkensitz am Boden neben Irenes Liegestuhl und beriet mit ihr, was sie machen könnte. Monique konnte ihr nicht helfen, sie war zu ungeschickt, um einen Knopf anzunähen. »Am liebsten würde ich mir Pinky auf den Kopf setzen, aber das hält nicht, der fällt runter.«

»Pinky –«, fragte Irene, »wer oder was ist Pinky?«

»Pink Panther, das sähe irre aus auf meinem Kopf, damit würde ich den ersten Preis gewinnen.«

»Ich müßte mir Pinky mal anschauen, hol ihn, vielleicht fällt mir eine Lösung ein.«

Gaby schüttelte den Kopf. »Nicht hier, es darf niemand wissen, es muß eine Überraschung sein.«

»Dann gehen wir eben nach unten.«

»Au fein.« Gaby sprang auf und umarmte Irene. Auf dem Weg zur Kabine sagte Gaby unvermittelt: »Schade, daß du eine Preußin bist.«

»Wieso denn das?«

»Weißt du, ich suche eine Frau für meinen Vater, aber eine Preußin, das geht nicht.«

Jürgen döste bäuchlings auf dem Liegestuhl und beobachtete durch halbgeschlossene Augen die Badenixen. Die zwei halbwüchsigen Araberinnen in den schneeweißen Badeanzügen hatten die Gemeidigkeit von Delphinen. Sie schwammen nicht, sie schienen durchs Wasser zu schweben.

Er stand auf und trat an den Rand des Schwimmbeckens. Sein Spiegelbild grinste ihn an, mit »polygamen Augen«, wie Maja sagen würde. Sollte sie doch dem Himmel danken für seine polygamen Augen, käme er sonst auf die monogame Idee, ihr beim Mittagsschlaf Gesellschaft zu leisten, mit der eindeutigen Absicht, ein monogames Schäferstündchen daraus zu machen. Ein Schäferstündchen am Mittag, ein Mittagsschäferstündchen...

Enttäuscht stand er in der leeren Kabine. Keine Maja, kein Schäferstündchen. Das Bett war nicht benützt, nur die Badetasche stand da. Auf dem Nachtkästchen lagen ihre dunkelblaue Swatch und der Ehering. Komisch, dachte er, das hat sie noch nie gemacht, den Ehering abgelegt. Er nahm den Ring in die Hand, und dann, in einem spontanen Entschluß, steckte er den Ring zu sich.

Toni saß rauchend im Bett. Er hatte einen weißen Kimono aus leichter Baumwolle an, mit einem schwarzen Drachen auf dem Rücken. Um den Hals trug er das Medaillon, das Maja in Santiago de Compostela für ihn gekauft hatte. Maja nahm ihm die Zigarette aus der Hand. Durch den Rauch sah sie ihn an. »Ich liebe dich«, sagte sie, »ich liebe dich, ich liebe dich...«

Stille, und dann seine Stimme: »Das ist nicht gut. Was wir tun, ist nicht gut.«

Sie machte einen Lungenzug und atmete den Rauch langsam aus. »Für mich ist es das Beste, was mir je passiert ist. Weißt du, in der Kathedrale von Santiago de Compostela habe ich eine Kerze für dich angezündet, und da habe ich der Mutter Gottes was versprochen...«

Toni legte schnell die Hand auf Majas Mund. »Nicht, so was darf man nicht aussprechen.«

»Warum?«

»Sonst geht es nicht in Erfüllung.«

»Ihr Katholiken wißt es wohl ganz genau.«

»Wir haben einen direkten Draht.«

Sie gab ihm die Zigarette zurück, und Toni bemerkte, daß der Ehering an ihrer Hand fehlte. »Ich habe noch eine helle Stelle an dir entdeckt.«

Maja spreizte die Finger: »Ich dachte schon, du merkst es nicht. Ohne Ehering ist es keine Sünde, was wir machen, oder?«

»Sünde ist es nur, wenn es herauskommt.« Er sah auf die Uhr. »Es wird Zeit, ich muß ins Spital zurück.« Er stand auf und wollte ins Bad. Mit einem Satz holte sie ihn ein und streifte den Kimono von seinen Schultern und preßte sich an ihn. »Ich liebe dich, ich liebe dich, ich liebe dich.«

Der Theatersaal, in dem die Hutkonkurrenz stattfand, war voll besetzt, und es herrschte eine Bombenstimmung. Die 22 Wettbewerbsteilnehmer hatten ihre Kreationen vorgestellt, die Jury hatte ihre Noten abgegeben, und jetzt war es soweit, es ging in die Schlußrunde. Unter den drei besten sollte nun das Publikum den Sieger bestimmen, und zwar mit einem Pfeifkonzert. Wer das längste und lauteste Pfeifkonzert bekäme, würde der Sieger sein.

Schon beim Einlaß hatten Stewards an die Zuschauer Trillerpfeifen verteilt, und Cruise Direktor Jessenig, der die Veranstaltung leitete – seine Vorbilder waren Jerry Lewis und Hans Joachim Kulenkampff –, hatte gleich zu Beginn eine Trillerpfeifenprobe durchgeführt. Unterstützt vom Orchester, das die Husaren-Polka spielte, war es ihm gelungen, die Stimmung anzuheizen. Als er die Jury vorstellte, gab es bereits einen brandenden Applaus, vor allem für Kapitän Krüger. Von da an lief alles wie von selbst. Jetzt, in der spannenden Endphase, wo es um den Sieg ging, mußte Jessenig die Zuschauer eher bremsen, damit er überhaupt noch zu Wort kam. Er stand am Mikrophon. »Alles klar. Sie sind jetzt die Preisrichter, aber erst pfeifen, wenn ich das Zeichen gebe. Von da an stoppt die Jury die Zeit mit. Alles klar.« Er gab dem Orchester ein Zeichen, »Herr Kapellmeister, bitte einen Tusch für Petra und ihre Creation Berlin.«

Ein Scheinwerfer schwenkte zur rechten Bühnenseite, um Petra dort in Empfang zu nehmen, und da war sie, im goldenen Bikini, auf hohen goldenen Sandaletten, die Haut eingeölt und auf der roten Mähne ein Schiff aus weißem Tortenpapier.

Jessenig nahm Petras Hand und zog sie zum Mikrophon. »Wer noch nicht gewußt hat, daß es in Berlin die schönsten Frauen gibt, hier der Beweis, Petra aus Berlin mit der Creation Berlin. Und jetzt kommt der große Moment, das Publikum wird entscheiden. Sind alle startklar? Die Jury auch? Ich zähle bis drei. Eins-zwei-drei-los.« Ein Höllenlärm brach los.

Die Jury stoppte 43 Sekunden, und Jessenig verkündete das Ergebnis: »43 Sekunden, das muß erst überboten werden.«

Der nächste Kandidat war Prinz Jussuf mit einem futuristischen Gebilde aus Metallkleiderbügeln und Alufolie aus der Küche, das er Uranus nannte. Er trug dazu einen hellblauen Jogginganzug und Turnschuhe. Das Publikum gab für ihn ein Pfeifkonzert, das eine gestoppte Zeit von 39 Sekunden brachte.

Wieder wanderte der Scheinwerfer zur rechten Bühnenseite. Im Saal wurde es still. Jessenigs Stimme klang feierlich: »Und jetzt, die jüngste Teilnehmerin.« Gaby erschien und Applaus prasselte los. Er gab keinen Zweifel, sie war der erklärte Liebling des Publikums. Sie trug ihr rosa Kleid, auf dem Kopf balancierte sie ein weißes Seidenkissen mit dicken Quasten an vier Ecken. Auf diesem Kissen thronte Pinky, und der hatte einen weißen Turban mit einem großen rosa Stein in der Mitte und einer weißen Reiherfeder auf dem Kopf.

Mit kleinen Schritten ging sie zur Mitte der Bühne. »Gaby und Pinky, der Pascha«, kam Jessenigs Stimme übers Mikrophon. Er beugte sich zu Gaby: »Und nun verrat uns, wie alt bist du eigentlich?«

Wie ein Profi nahm Gaby das Mikrophon, bog es zu sich herunter und sagte, ohne zu stocken: »Eine Dame fragt man nicht nach dem Alter.« Sie erntete natürlich Applaus.

Jessenig mußte warten, bis es ruhig wurde. »Jetzt kommt der große Moment. Liebes Publikum, ich bitte Sie das letzte Mal um Ihre Stimme. Hat jeder seine Pfeife? Ist die Jury bereit? Eins-zwei-drei.«

Es war ein Höllenlärm, es war ohrenbetäubend, und es dauerte eine geschlagene Minute.

»Ein überwältigender Sieg für Gaby und Pinky. Meine lieben Gäste, Sie haben ein Feuerwerk von Ideen erlebt. Eigentlich hätte jeder Teilnehmer einen Preis verdient, aber wie das so ist im Leben, nur einer kann gewinnen. Darf ich jetzt unseren verehrten Kapitän Krüger auf die Bühne bitten, um Gaby den 1. Preis zu überreichen.«

Natürlich gab es auch für Kapitän Krüger ein Pfeifkonzert, als er jetzt mit einer Magnumflasche Champagner auf die Bühne kam und sie Gaby in die Arme legte. Jessenig kommentierte die Szene am Mikrophon: »Das ist sehr viel Champagner für eine kleine Dame.«

»Viel?« Gaby griff nach dem Mikrophon: »Ich trink' sie nicht allein. Ich heb' die Flasche für die Hochzeit auf.« Und wieder prasselte der Applaus los.

Die Nacht war ruhig und hell. Sterne, feurige südliche Sterne funkelten am Himmel, und die Mondsichel zog als silbernes Schiffchen übers Firmament. Eine leichte Dünung hob und senkte das Schiff.

Die *Berlin* lief am Autopiloten mit einer Cruisingspeed von 16 Knoten, Kurs Bermudas. Den Dienst auf der Brücke hatte der »Zweite« – das war der Wachoffizier – und Vollmatrose Marquart, der Rudergänger. Von Zeit zu Zeit kontrollierten sie den Kurs und den Radar. Es war elf Uhr nachts. Wie jede Stunde schrieb der Zweite den Eintrag ins Wachjournal. Nachdem er fertig war, blieb er nachdenklich sitzen. Die Sache mit Saki ging ihm nicht aus dem Sinn. »Was denkst du«, fragte er Marquart, »wo könnte dieser Saki bloß geblieben sein?«

»Keine Ahnung. Wir suchen ja überall.«

»Meiner Ansicht nach ist es beim Sturm passiert.«

»Saki war kein Anfänger. So was passiert nur Anfängern oder Passagieren, die werden bei schwerem Wetter von Bord geweht. Saki ist schon seit drei Jahren zur See gefahren.«

»Soviel ich weiß, hatte er mit Rauschgift zu tun. Es braucht nicht viel, und schon denkt einer nicht mehr ans Wetter. Wahrscheinlich fand er, das ist der tollste Trip meines Lebens, als es ihn über die Reling riß. Dodo tut mir leid, sie ist völlig fertig.«

»Stanek behauptet, die beiden hätten Streit gehabt.«

Marquart lachte. »Die kleine, zarte Dodo hat den kräftigen Saki über Bord geworfen, ich seh's deutlich vor mir.«

Das Telefon, das die direkte Verbindung zum Maschinenraum darstellte, klingelte. Der Zweite nahm ab. »Maschinenraum an Brücke, Maschinenraum an Brücke. Hallo, hört ihr mich?«

Jede Meldung begann so, wie überhaupt die gesamte Kommunikation im technischen Bereich auf knappe, sachliche Formeln reduziert war. Dennoch hörte der Zweite sofort, daß der Erste Ingenieur Probleme haben mußte.

»Ja. Brücke«, antwortete der Zweite. »Was ist los?«

»Melde Backbordmaschine unklar. Haben Kurzschluß im Verteilerkasten. Brand am Verteilerkasten.«

»Verstanden. Kommt ihr klar mit dem Brand?«

»Ich denke schon. Ende.«

»Schöne Scheiße«, murmelte der Zweite. Dann wandte er sich an Marquart: »Treiben Sie einen Steward auf. Er soll den Käptn auf die Brücke bitten. Ich übernehme in der Zwischenzeit.«

Bald darauf kam die zweite Meldung aus dem Maschinenraum. »Maschinenraum an Brücke«, der Ingenieur hustete und begann noch mal von vorn. »Hallo, Maschinenraum an Brücke. Neue Meldung: Kesselraumbrenner ausgefallen. Backbordmaschine ausgefallen.«

Der Zweite fluchte leise, sagte dann: »Verstanden. Was

ist mit dem Brand. Kommt ihr klar damit? Müssen wir Feueralarm durchgeben?«

»Ich denke, wir kommen klar. Aber schicken Sie mir zwei Mann von der Freiwache, die könnten wir gebrauchen. Wir krepieren fast vor Rauch und Löschschaum. Sonst alles o. k. Ende.«

Das hat uns gerade noch gefehlt, dachte der Zweite. Er schenkte sich aus der Thermosflasche eine Tasse kalten Tee ein, den sie in der Bordküche eigens für ihn brauten, mit viel Zucker und Zitrone.

Kapitän Krüger vermutete, daß man ihn wegen eines Anrufs seiner Frau auf die Brücke rief. Immer, wenn er am anderen Ende des Schiffs war, kam ein Anruf aus Hamilton.

»Meine Frau?« fragte er, als er die Brücke betrat. Der Zweite drehte die Thermosflasche zu. »Nein, nicht Ihre Frau. Der Maschinenraum hat Probleme. Brand am Sicherungskasten. Ausfall der Backbordmaschine.«

Krüger wurde plötzlich die Mütze zu eng auf dem Kopf; er nahm sie ab und fragte: »Grund für den Ausfall?«

»Sie meinen, daß Brennelemente im Kessel defekt sind und daß Steuerelemente zerstört wurden.«

Kapitän Krüger blickte zu Boden. Auf den Kappen seiner Lackschuhe spiegelten sich die Deckenlampen. »Ist der Brand unter Kontrolle?«

»Noch nicht ganz. Sollen wir Feueralarm geben, Käptn?«

Kapitän Krüger hob den Kopf und fixierte den Zweiten.

»Sie haben wohl nicht mehr alle. Das ganze Schiff verrückt machen wegen eines Kurzschlusses.« Kapitän Krüger legte die Mütze auf einen Tisch. »Was laufen wir jetzt mit der Steuerbordmaschine allein?«

»Nicht riesig. Noch 8 Knoten. Mußte 5 Strich Gegenruder geben, um den Kurs zu halten.«

»Gut. Verbinden Sie mich jetzt mit dem Maschinenraum.« Kapitän Krüger knöpfte seine Jacke auf und wartete, bis der Zweite die Verbindung hergestellt hatte. »Danke«, er nahm den Hörer. »Hier Käptn Krüger. Wie geht's bei euch unten?«

Der Ingenieur hustete. »Danke, Käptn. Wir kommen klar. Der Brand ist unter Kontrolle.«

»Ist die Backbordwelle blockiert?«

»Das kann ich im Moment nicht sagen. Um das festzustellen, müssen wir in den Tunnel rein.«

»Danke und Ende.«

Kapitän Krüger legte den Hörer auf. »Der Brand ist unter Kontrolle.«

Der Zweite nickte. »Ich trommele die Offiziere zusammen.«

Kapitän Krüger wurde scharf. »Dann können Sie ebensogut Feueralarm geben. Im Theater läuft die Prämierung der Hut-Konkurrenz. Unsere Offiziere haben Dienst auf der Tanzfläche. Wenn plötzlich alle Offiziere verschwinden, riskieren wir eine Panik unter den Passagieren. Nein, nein, kommt nicht in Frage. Die Passagiere sollen einen vergnügten Abend haben, und sie sollen ruhig schlafen. Daß wir langsamer laufen, wird keinem auffallen. Morgen sehen wir dann weiter. Vielleicht geschieht ein Wunder, und unsere Ingenieure beheben den Schaden über Nacht.«

Der Zweite sah Käptn Krüger an, daß er selbst nicht ganz an seine Worte glaubte. Das Ausmaß der Havarie war zu groß. Aber nach den zwei Rüffeln, die er bereits eingesteckt hatte, zog er es vor zu schweigen. Kapitän Krüger konnte Pessimisten nicht ausstehen.

Wie das bei den Hut-Konkurrenzen so üblich war, fanden sich alle Teilnehmer zu einem Schlußdefilee auf der Bühne ein. Jeder heimste noch einmal Applaus ein, und dann begann die allgemeine Feier. Jessenig hatte herausgefunden, daß ein Twist zum Beginn ein unfehlbares Mittel war, um alle – auch die älteren Semester – in Schwung zu bringen. Er gab dem Kapellmeister das Zeichen – und dann ging es los: Twist, Twist again... Das Orchester zog eine Show ab, wie lebensgroße Muppets gerieten die Musiker plötzlich in drollige Zuckungen. Auf der Bühne legte Jessenig eine Solonummer hin, mit dem Mikrophon als Partnerin, Twist, Twist, Twist again... Es wirkte ansteckend. Im Nu herrschte auf der Bühne und im Saal ein wildes Gehopse.

Max Leupold hatte Gabys Siegerpreis, die Magnumflasche Champagner, in Sicherheit gebracht. Jetzt ging er vor zur Bühne und machte zu Gaby hinauf ein Zeichen. »Wir wollen auf dich anstoßen«, rief er Gaby zu. »Wir wollen deinen Sieg feiern.«

Gaby kam an die Rampe. »Ich verstehe kein Wort.«

»Komm runter, wir machen jetzt den Champagner auf und begießen deinen Sieg.«

»Die Flasche nicht aufmachen, das will ich nicht, bitte. Die Flasche hebe ich für die Hochzeit auf.«

Max Leupold lachte. »Bis dahin schmeckt der Champagner nicht mehr.«

»Nicht meine Hochzeit.«

»Wenn es deine Hochzeit nicht ist, was ist es dann für eine Hochzeit?«

Tutti und Monique, die hinter Max standen, wechselten einen Blick. Tutti tippte Max Leupold auf die Schulter. »Bei der Hochzeit, die Gaby meint, brauchen wir mehr als eine Flasche.« Er wandte sich um. »Jetzt fangt ihr auch noch an, von was für einer Hochzeit redet ihr eigentlich, sagt schon, macht es nicht so spannend.«

Gaby legte den Finger auf den Mund. »Großes Geheimnis. Wenn es soweit ist, merkst du es schon.« Max Leupold versuchte es mit seiner Geheimwaffe, er machte sein Dakkelgesicht. Wenn Bitten bei Gaby nichts nützten, half nur das Dackelgesicht. »Du bist schuld, wenn ich verdurste.«

Gaby mußte lachen. »O. k., wir machen die Flasche auf.« Max hob seine Tochter von der Bühne.

Während die Leupolds auf Gabys Sieg tranken und auf Irene, die das Werk gebastelt hatte, tobte das Twistgewitter auf der Bühne und im Saal. Irgendwann ging den Musikern die Puste aus, und das Klavier spielte ein Pausenzeichen. Jessenig trat ans Mikrophon und sagte, etwas außer Atem: »Etwas Besinnliches, etwas Wienerisches, ein Lied von Hans Moser, vorgetragen vom beliebten Südtiroler Steinbruch-Trio…« Ein Geiger kam auf die Bühne, ein Matrose mit einem Schifferklavier folgte, und zuletzt erschien Gasparis mit einem umgekehrten Eiskübel auf dem Kopf. Geige und Schifferklavier spielten die Einleitung, und dann begann Gasparis mehr zu nuscheln als zu singen: »Ja, ja der Wein is guat, i braach kan neuchen Huat, i setz mein oilten af, bevor i Wasser sauf…« Nach zwei Strophen wechselten die Instrumente plötzlich in eine andere Tonart. Die Geige spielte einen endlosen Triller, und das Schifferklavier intonierte ein Reeperbahnlied, das Hans Albers populär gemacht hatte: »Hein Mück aus Bremerhaven ist allen Mädchen treu, er hat nur eine feste Braut und zwanzig nebenbei.«

Auf der Bühne formierte sich eine Polonaise, angeführt von den zwei Musikern, von Gasparis und Petra. Sie verließen die Bühne und kamen in den Saal herunter, vorbei an der Kapelle, in Schlangenlinien über die Tanzfläche und zwischen den Tischen hindurch. Immer mehr schlossen sich an, auch die Araber, und mitten unter ihnen war Sylvie. Prinz Jussuf hatte den monströsen Astronautenhut abgesetzt und konzentrierte sich voll auf die Friseuse; niemand hatte eine Chance, sich neben Sylvie in die Polonaise einzufädeln. Schließlich ging es aus dem Theatersaal hinaus: der Korridor, die Treppe, das Promenadendeck, unter den Booten durch, hinein in die Lidobar, wieder durch einen Korridor, wieder eine Treppe, hinaus aufs Sonnendeck am Achterschiff, eine Runde um den Swimmingpool. Bei der zweiten Runde löste die Kette sich allmählich auf; einzelne Paare begannen zu tanzen.

Über die Schulter von Prinz Jussuf hielt Sylvie Ausschau nach Stefan. Natürlich hatte die rothaarige Touristin ihn schon wieder geschnappt. Sie überlegte, wie sie ihrer Rivalin eins auswischen könnte, da spürte sie die Hand von Prinz Jussuf, die in den Rückenausschnitt ihres Kleides glitt. Sylvie hatte Prinz Jussuf für einen unerfahrenen Jungen gehalten, aber die Sprache dieser Hand verriet einen Mann. Seine dunklen Mandelaugen sahen sie zärtlich an, und Sylvie dachte, vielleicht stimmt es, was ich mal gelesen habe, daß orientalische Prinzen schon mit sechzehn Meister in der Kunst der Liebe sind.

Petra zog Stefan immer näher an den Rand des Swimmingpools. »Vorsicht«, murmelte er, »gleich liegen wir im Wasser.«

Petra, die immer noch in dem goldenen Bikini war, schaute an sich herunter. »Ich fühl' mich so nackt unter all den angezogenen Leuten. Im Wasser wäre mir wohler.« Sie tat so, als stolpere sie und riß Stefan mit. »Hilfe«, rief er im Stürzen, »wir können nicht schwimmen! Hilfe!«

Das genügte, und schon sprangen andere ins Wasser; die Männer, um Petra zu »retten«, die Frauen, um Stefan zu »Hilfe zu kommen«. Unter denen, die nicht wußten, wie sie eigentlich ins Wasser kamen, war Monique. Gaby sah es und wollte auch springen. Max hielt seine Tochter fest. »Du bleibst da.« Seine Stimme war halblaut, aber so fest wie sein Griff.

Monique stemmte sich am Rand des Beckens ab und kletterte heraus. Das silbergraue Seidenkleidchen war dunkel vom Wasser und klebte wie eine zweite Haut an ihr. Die helle Beleuchtung rund um den Pool betonte ihre Nacktheit noch. Max sah, daß sie keinen BH unterm Kleid trug, keinen Slip, keine Strümpfe. Den ganzen Abend hatte sie praktisch nackt neben ihm gesessen. Monique bog den Kopf zurück und strich sich das Wasser aus dem Haar. »Ich weiß nicht, wie das passiert ist.«

Max hielt immer noch Gaby fest an der Hand: »Sie müssen sich umziehen, Monique.«

»Ich lass' das Kleid noch etwas abtropfen.« Um ihre

Füße hatte sich ein See gebildet. Die Riemchensandaletten aus Silberlurex waren offensichtlich nicht wasserfest. Monique fühlte, wie die Riemchen nachgaben. »Die Schuhe sind hin.« Sie wollte sich bücken und herausschlüpfen, doch Max sagte schnell: »Das können Sie unten machen, ich bringe Sie in die Kabine.«

Gaby hörte nur Kabine, und schnell entzog sie dem Vater ihre Hand. »Ich will noch nicht ins Bett.«

»Ein Viertelstündchen noch«, mischte Tutti sich ein, die dabeistand. Max gab nach; er hatte nichts dagegen, mit Monique allein zu sein. Auf der Treppe verlor sie einen Schuh, und Max fing sie gerade noch auf. »Sie frösteln ja. Einen Moment, ich möchte nicht, daß Sie sich etwas holen.« Er hing ihr sein Dinnerjackett um die Schultern. »Besser?«

Sie nickte. »Aber jetzt ist die Jacke auch hin, sie wird ganz naß.«

»Macht nichts, Hauptsache, Sie bekommen keinen Schnupfen.« An der Tür zu ihrer Kabine blieb sie stehen. »Sie sind der aufmerksamste Mann, den ich kenne.« Und dann küßte sie ihn auf den Mund. Bevor sie in der Kabine verschwand, rief sie zurück: »Es dauert nur zwei Minuten.«

Max Leupold ging zum Fenster und schaute auf das nächtliche Meer. Die Lichter des Schiffes spiegelten sich im Wasser, das tief unter ihm vorbeirauschte, lösten sich auf, wurden zu Figuren, schlangenhäutigen Seemädchen, mit süßen Nixenbrüsten, mit feinen Taillen und Moniques Augen. Du spinnst, sagte er sich, du kannst nicht mit der Privatlehrerin deiner Tochter ein schlampiges Verhältnis anfangen. Das geht einfach nicht. Gaby würde das sofort spitzkriegen. Nein, nein, unmöglich. Doch Moniques Gestalt in dem nassen Kleid, wie sie mit zurückgebogenem Kopf das Wasser aus dem Haar strich, stand zu verlockend vor ihm. Vielleicht gab es doch eine Lösung, vielleicht ließ sich beides vereinen, seine kleinbürgerliche Moral und sein Verlangen nach Monique. Warum ein schlampiges Verhältnis mit ihr anfangen. Ich könnte genau das Gegenteil machen, ich könnte sie fragen, ob sie meine Frau werden will.

Überrumpelt von der eigenen Kühnheit, nahm er sich vor, es sofort zu tun, nicht morgen, heute noch. Er ging zum Schrank und nahm ein anderes Dinnerjackett heraus. Und wenn sie ablehnt? Ihr Blick vorhin, ihr Kuß – sie hat mich gern, aber vielleicht nicht genug. Er fuhr in die Jacke. Ach was, ich mache einen Versuch. Jetzt sofort werde ich mit ihr reden, wenn sie dort zur Tür herauskommt. Sie muß ja nicht gleich antworten. Ich werde zu ihr sagen: »Bitte, antworten Sie jetzt nicht, lassen Sie sich Zeit.«

Die Tür ging auf, Monique kam heraus, wieder richtig angezogen, mit schwarzen Lackpumps, einem weiten schwarzen Rock, einem Top aus schwarzer Spitze und um die Schultern den geblümten Zigeunerschal, den er ihr im Hafen von Coruña gekauft hatte. Sie lächelte ihn an. »Es hat doch länger gedauert.«

Er machte einen Schritt auf sie zu. Er hatte die Worte genau im Kopf; es fehlte ihm nur der Mut. »Noch einen Nightcap?«

»Gerne – aber zuerst müssen wir unsere Tochter suchen.«

Hatte sie »unsere« Tochter gesagt? Diese Monique schien einen siebten Sinn zu haben. Er nahm ihren Arm. »Gut, suchen wir unsere Tochter.«

Die Planschparty am Swimmingpool wurde allmählich langweilig; ein Pärchen nach dem anderen verschwand, um sich umzuziehen. Petra und Stefan waren unschlüssig, ob sie zu ihm oder zu ihr gehen sollten. Stefan hatte Kapitän Krüger sein Wort gegeben, Sylvie nicht ein zweites Mal zu provozieren, aber er hatte nicht versprochen, auf Petra zu verzichten. Wenn Petra eine Kabine für sich allein gehabt hätte, wäre alles ganz einfach gewesen, aber da war noch Irene. »Unsere Situation ist hoffnungslos, aber nicht ernst«, meinte Stefan, »ich wüßte eine komfortable Besenkammer auf dem C-Deck.«

»Nicht wieder die Besenkammer, diesmal muß es das Bügelzimmer sein.«

»Das ist leider schon belegt. Uns bleibt nur ein Rettungsboot.«

Petra ließ Stefan los. »Warte einen Moment, ich rede mit Irene.« Sie nahm Irene beiseite und sagte ohne Einleitung: »Stefan und ich suchen eine Unterkunft, du weißt, was ich meine, es wäre wahnsinnig nett von dir, wenn du noch eine Zeitlang an Deck bleiben könntest.«

Irene nickte. »Meinetwegen die ganze Nacht, es ist so schön!« Sie sah Petra und Stefan ohne Neid verschwinden und spazierte die Reling entlang in Richtung Heck. Sie glaubte allein zu sein, doch dann hörte sie Schritte hinter sich. Sie blickte sich um und sah, daß es Gasparis war, der ihr folgte. Es überraschte sie nicht. Er lag schon lange auf der Lauer. Sie ging weiter bis zum Heck und blieb dort stehen.

Gasparis pirschte sich heran. »Endlich habe ich Sie mal allein, darauf warte ich seit Beginn der Reise. Eine Mondscheinnacht an Deck, zusammen mit Ihnen...«

Sie stand mit dem Rücken zur Reling und sah ihn an. Es fehlte ihm nur die schwarze Augenbinde, dachte sie, dann sähe er aus wie ein Pirat. »Ich wußte nicht, daß Sie ein Romantiker sind.«

»Ich verberge es vor der Welt, es ist nicht in, aber in Ihrer Nähe fallen mir wieder alle Eichendorff-Gedichte ein, die ich in der Schule gelernt habe.«

»Lassen Sie hören.«

»Es schienen so golden die Sterne, an Deck ich einsam stand –« Er verstummte, trat näher, nahm ihre Hand und drückte einen Kuß darauf. »Seit ich Sie am ersten Abend in den Speisesaal kommen sah, zerbreche ich mir den Kopf, was ich tun könnte, um sie zu beeindrucken.«

Sie wartete, daß er weitersprach; er ließ ihre Hand los.

»Ihr Lächeln macht mich verrückt. Sie meinen nicht mich. Sie lächeln nur für sich selbst, einfach weil Sie glücklich und zufrieden sind.«

»Gibt es einen besseren Grund?«

Er sah sie lange schweigend an, dann sagte er: »Werden Sie meine Geliebte.« Es war keine Bitte, es war keine Frage, es war ein Vorschlag. »Probeweise, für eine Nacht.«

Irene wich seinem Blick nicht aus, aber sie gab keine Antwort.

Seine funkelnden Augen ließen sie nicht los. »Ich wußte, daß Sie so reagieren. Das gefällt mir an Ihnen. Mich fasziniert Ihre Gleichgültigkeit.«

Irene schwieg weiter, und Gasparis fragte: »Haben Sie einen Nerzmantel?«

»Nein, warum?«

»Ich biete Ihnen einen Nerzmantel, wenn Sie diese Nacht mit mir verbringen. Habe ich Sie jetzt beleidigt?«

»Nein – aber was soll ich im Sommer mit einem Nerzmantel?«

»Pardon, ich dachte nicht an einen Nerz für den Winter, ich dachte an einen Bademantel aus Nerz.«

»Gibt's so was?«

»In der Bay Street in Nassau ist ein Kürschner, der macht solche Bademäntel aus Nerz, in allen Farben, Veilchenblau, Rosarot, Zinnober. Für Sie müßte es ein Naturnerz sein, goldener Naturnerz, die Farbe Ihrer Haare.«

Er hat eine angenehme Stimme, dachte Irene, die Stimme gefällt mir besser als das, was er sagt.

»Sie kennen Nassau?« fragte sie.

»Ich habe dort eine Firma und ein Apartmenthaus. Eine Art Rückversicherung, falls es in Europa mal ungemütlich wird, man kann nie wissen.« Ein Schweigen trat ein. Minutenlang standen sie stumm nebeneinander. Vom Heck klang das stetige Rauschen der Wasserschleppe herauf, die das Schiff hinter sich herzog. Gasparis legte die Hand auf Irenes Arm, eine warme trockene Hand, die ganz ruhig liegenblieb. »Im Grunde wollen Sie.«

»Ich habe keine Begabung zum Flirten.«

»Das weiß ich. Ich bin Ihnen gleichgültig, genau deshalb möchte ich Sie haben. Eine anständige Frau, die so gleichgültig ist wie eine Hure – das ist der Traum meines Lebens.«

»Dann lassen wir es doch bei diesem Traum.«

»Sie sind grausam.«

Am nächsten Morgen ließ Kapitän Krüger alle Offiziere zu einer Lagebesprechung auf die Brücke kommen. Sie standen in einem Halbkreis, und der Erste Ingenieur hatte das Wort. Er war ein Mann, der knapp und sachlich formulierte. Den Hergang der Havarie hatte er im Stenogrammstil geschildert. Erst jetzt holte er etwas aus. »Alles in allem kann man sagen, die Sache ist glimpflich abgelaufen, der Maschinenraum hatte den Brand nach circa zehn Minuten unter Kontrolle. Der Schaden ist trotzdem beträchtlich. Durch den Defekt am Brenner ist die Backbordturbine außer Betrieb. Zudem ist die Antriebswelle blockiert, und das kriegen wir nicht klar mit Bordmitteln. Kommt dazu, daß die gesamte Klimaanlage der Gruppe 1 außer Betrieb ist. Das werden die Passagiere merken in diesen Breitengraden.«

Kapitän Krüger dankte dem Ersten Ingenieur. »Sie haben gute Arbeit geleistet. Sie haben wirklich Nerven bewiesen. Noch Probleme von Ihrer Seite?«

»Nein.«

Kapitän Krüger wandte sich an alle. »Meine Herren, Sie kennen jetzt die Situation. Jetzt zu den Folgen, die sich daraus ergeben. Wir werden unser Reiseprogramm ändern müssen, das heißt, wir laufen Hamilton nicht an. Wir passieren die Bermudas und gehen bei 67 Grad West auf neuen Kurs, direkt nach Nassau. Mit unserer reduzierten Geschwindigkeit bedeutet das, wir sind noch drei Tage unterwegs.«

Der Kapitän richtete den Blick auf Stefan. »Sie setzen sich sofort mit der *Prince George Werft* in Nassau in Verbindung. Ich muß wissen, ob wir dort liegen können und ob uns die nötige technische Unterstützung zur Verfügung steht. Machen Sie den Leuten klar, daß Tag und Nacht gearbeitet werden muß. Geben Sie die Details der Havarie durch. Lassen Sie sich bestätigen, ob die Ersatzteile da sind, die wir brauchen, sonst müssen wir nach Fort Lauderdale. Und gleichzeitig informieren Sie unsere Reederei in Deutschland. Die sollen auch mit Nassau Kontakt aufnehmen und bei der *Prince George Werft* Dampf machen. Das kann nicht schaden. Die Leute dort muß man ordentlich unter Druck setzen, damit sie spuren.«

Stefan nickte: »Ich werde sie schon in Trab bringen, verlassen Sie sich auf mich.«

»O. k. Jetzt zu den Passagieren. Wohl oder übel müssen wir eine Durchsage machen und unsere Passagiere informieren, daß unser Reiseprogramm sich aus technischen Gründen ändert. Meine Herren, ich bitte Sie, halten Sie sich strikt an diese Formulierung, *wir ändern das Reiseprogramm aus technischen Gründen*, kein Wort mehr, keine Details, das stiftet nur Verwirrung. Und das können wir nicht gebrauchen. Zuerst das Sturmtief und jetzt die Havarie. Noch mal drei Tage ohne Landausflug, das ist eine Nervenprobe. Das heißt, wir müssen alles tun, um unsere Passagiere bei Laune zu halten. Also, mein lieber Jessenig, lassen Sie sich was einfallen.«

»Vielleicht ein Twist-Kursus.«

»Meinetwegen auch Rock 'n' Roll. Damit bin ich bei einem anderen kritischen Punkt: Nach dem Kurswechsel werden wir achterlichen Wind haben. Die See gegen den Golfstrom. Es kann unruhig werden. Bei den lumpigen acht Knoten, die wir laufen, sind die Stabilisatoren nicht sehr wirksam. Wie gesagt, meine Herren, ich brauche von Ihnen den vollen Einsatz bei den Passagieren. Intensive Betreuung rund um die Uhr.«

Ein paar vielsagende Blicke gingen zu Stefan, jemand murmelte »Intensivstation«.

»Noch etwas«, fuhr Kapitän Krüger fort, »wie Sie wissen, ist auch die Klimaanlage durch den Schaden außer Betrieb. In den Kabinen und in den Gesellschaftsräumen wird es heiß werden. Auch das wird die Nerven der Passagiere strapazieren. Um so wichtiger ist es, daß Sie die Nerven behalten.« Sein Blick ging von einem zum anderen. »Wir haben uns verstanden?«

Der Funker rief aus dem Funkraum: »Käptn, ein Gespräch für Sie. Ihre Frau...«

»Sofort.« Käptn Krüger nickte seinen Offizieren zu: »Das war's meine Herren.« Er verschwand in der Funkstation, und die Offiziere verließen schweigend die Brücke. Beim Auseinandergehen zwinkerte Quartiermeister Stanek den andern zu: »Wenn einer verrückt spielt, schickt ihn einfach zu mir, ich bin im Foyer, am Counter.«

»O. k.«, sagte Jessenig, »ich komme mit Ihnen. Die erste Stunde nach der Durchsage wird turbulent werden.«

Am Counter stand eine Traube von Menschen und bombardierte Stanek und Jessenig mit Fragen: »Wieso gehn wir nicht nach den Bermudas?« – »Ich will den Käptn persönlich sprechen, ich lasse mich nicht mit so einer vagen Durchsage abspeisen.«

»Heißt das, wir kommen überhaupt nicht nach Hamilton? Ich habe diese Kreuzfahrt eigentlich nur wegen Hamilton gebucht. Ich bestehe darauf, daß man mich hinbringt, wie, ist mir egal.«

»Es muß einen Flug von Nassau nach den Bermudas geben. Machen Sie sofort eine Reservation.«

»Ich will einen Helikopter.«

Jetzt schob sich ein Mann in einem grauen Jogginganzug nach vorne. Auf Brust und Rücken stand in grünen Großbuchstaben *Peace,* und darunter schwebte eine weiße Friedenstaube mit einem Ölzweig im Schnabel. Er machte sich mit den Ellbogen Platz und pflanzte sich mit drohender Miene am Counter auf. »Wenn Sie mich nicht nach den Bermudas bringen, verlange ich mein Geld zurück.«

Jessenig murmelte etwas von ›höherer Gewalt‹, aber das brachte den Mann im Friedensanzug noch mehr auf. »Was heißt höhere Gewalt, die Reederei will mal wieder Touristen verschaukeln. Das Geld kassieren und nichts bieten dafür. Lassen sie mich gefälligst ausreden, sonst werde ich ungemütlich. Ich habe die Passage für ein Schiff gebucht, das in Ordnung ist, dieses Schiff ist defekt. Damit ist der Sachverhalt von böswilligem Betrug gegeben. Ich gehe vor Gericht, wenn ich mein Geld nicht rauskriege. Ich lasse mich nicht abwimmeln, ich prozessiere, und ich garantiere Ihnen, den Prozeß gewinne ich.« Stanek kam Jessenig zu Hilfe. Er kannte diesen Mann, es war Alfons Schmid, Zahnarzt aus Kassel. Er war Dauerkunde bei Stanek, jeden Tag kam er mit einer anderen Beschwerde.

»Herr Schmid, worum geht es denn?« fragte Stanek mit dem höflichsten Lächeln.

»Tun Sie nicht so, Sie haben alles mitgekriegt, mein Geld will ich wiederhaben, oder ich verklage Ihre verdammte Reederei.«

Stanek blieb unerschütterlich, ein wahrer Fels der Höflichkeit. »Verstehe«, sagte er mit einer Stimme, die echte Teilnahme ausdrückte, »leider verfüge ich persönlich nicht über die nötigen Kompetenzen, aber ich werde Ihre Beschwerde unverzüglich weitergeben.« Er begann auf einem Block, Schmids Namen aufzuschreiben. »Ich nehme die Sache in die Hand. Es geht ein Telex an die Reederei.«

Brummend wandte Alfons Schmid sich vom Counter ab und ging zu seiner Frau. »Denen hab' ich's gezeigt. Mit mir können die nicht machen, was sie wollen. – Alles Betrüger, diese Reedereien, alles auf Nepp abgestellt, Nepp im kriminellen Stil. Komm, Trude.«

Stanek zerknüllte den Zettel mit Schmids Namen und ließ ihn diskret in den Papierkorb fallen.

»Der kommt wieder«, warnte Jessenig.

»Natürlich kommt er wieder. Dann notiere ich mir seinen Namen wieder und schimpfe auf die Reederei, die auf mein Telex noch nicht geantwortet hat.«

»Werd' ich mir merken.«

Das Wartezimmer im Spital war voll. Die Durchsage, daß man wegen einer technischen Störung die Reiseroute ändern mußte, hatte eine Menge Leute schlagartig krank gemacht: zu hoher Blutdruck, zu niedriger Blutdruck, Magenverstimmung, Nierenschmerzen, Hexenschuß, Sehstörungen, Ohrensausen. Dazu die Hypochonder, die gleich mehrere Krankheiten auf einmal hatten und sich so elend fühlten, daß der Schiffsarzt zu ihnen in die Kabine kommen mußte.

Als Maja gegen zehn Uhr Toni in der Praxis anrief und fragte, ob sie ihn in der Mittagspause sehen könne, sagte er ihr, daß er heute keine Mittagspause mache. Um elf Uhr und um zwölf Uhr versuchte sie es wieder. »Geht es nicht doch. Nur eine halbe Stunde«, bettelte sie, »ich hab' so Sehnsucht nach dir.«

»Maja, es ist unmöglich.«

»Was hast du, du bist so anders, so kalt.«

»Ich habe zu tun.«

»Ich muß dich sehn. Ich muß mit dir reden.«

»Nicht jetzt.« Und damit legte er auf.

Auch im Speisesaal gab es Probleme. Gerade als man anfing, fürs Mittagessen zu decken, machte das Schiff ein paar tüchtige Rollbewegungen. Chefsteward Kuhn sah, wie die Platzteller zu wandern begannen. Dagegen half nur das alte Mittel, die Tischtücher kräftig mit Wasser zu besprühen, so daß die Gegenstände mehr Haftung hatten. Also gab er dem Personal die Anweisung, noch mal abzudecken und alle Tischdecken zu befeuchten.

Scheich Mehmed wußte schon vor der Durchsage, daß mit dem Schiff etwas nicht stimmte. Früh am Morgen, als er unten im Laderaum seine jungen Jagdfalken besuchte, war ihm der Rauchgeruch im Korridor aufgefallen. Beim anschließenden Spaziergang über Deck hatte er die schwarzen Rauchspuren an einem Lüftungsschacht gesehen. Die Durchsage, man würde die Bermudas aus technischen Gründen nicht anlaufen, kam nicht überraschend für ihn. Er war ein Mann, der von Schiffen etwas verstand, und hätte gern Genaueres gewußt über den Umfang der Havarie. Als Stefan ihm über den Weg lief, sprach er ihn an und lud ihn zu einem Drink ein.

»Was ist eigentlich los. Hatten wir einen Brand im Maschinenraum?«

»Nur einen Kurzschluß.«

»Komisch, am obersten Deck, bei den Lüftungsschlitzen beim Kamin ist alles ganz schwarz.«

»Das ist normal, das kommt vom Kamin.«

Der Scheich fischte die Olive aus seinem Martini und zerkaute sie langsam.

»Verstehen Sie meine Fragen bitte nicht falsch, ich kenne mich ein bißchen aus auf Schiffen. Wenn es kein Brand war, dann frage ich mich, warum laufen wir nur noch mit halber Fahrt und warum ist die Klimaanlage kaputt?«

»Wir sind dabei, die Klimaanlage zu reparieren.«

Der Scheich lächelte, ohne daß seine Augen mitlächelten. »Wissen Sie, mein letztes Schiff ist vor meinen Augen verbrannt. Es hat auch mit einem Kurzschluß begonnen.«

»Sie können unbesorgt sein. Wir haben alles unter Kontrolle.

Abends im Speisesaal herrschten tropische Temperaturen. Die Männer hatten ihre Dinnerjackets in den Schränken gelassen und saßen in Hemdsärmeln da. Es wurde weniger gegessen und dafür mehr getrunken. Die Stimmen der Männer wurden lauter, das Lachen der Frauen vulgärer. Die meisten hatten sich mit dem veränderten Reiseprogramm abgefunden. Ein erster Witz über die Havarie machte die Runde, ein makabrer Witz von einem flüchtigen Terroristen, der als blinder Passagier an Bord gekommen war und im Gepäck noch eine Handgranate hatte.

Man blieb sehr lange auf. Niemand hatte Lust, in die Kabinen zu gehen, wo eine drückende Hitze herrschte. Man blieb draußen, man tanzte auf dem Sonnendeck. Durch die offenen Türen der Lidobar klang die Musik, und Jessenig veranstaltete einen Twist-Kursus für Fortgeschrittene. Nach dem Mitternachtsbuffet stellte er dann einen neuen Tanz vor, den Rollfox, eine Mischung aus Foxtrott und Rock 'n' Roll. Der Gag dabei war, daß die Tänzer die Rollbewegungen des Schiffes als Stilelement ausnützen und je nach Begabung übertreiben sollten. Die ersten Paare, denen er seinen Rollfox beibrachte, waren Petra und Stefan, Cherry Caroll und ihr Mann, Tutti von Falkenhayn und Kapitän Krüger.

»Schade, daß deine Dorothy dich nicht sehen kann«, flüsterte Tutti dem Käptn zu.

»Sie würde sich sofort scheiden lassen.«

»Und ich würde sofort um deine Hand anhalten.«

»Hast du gesagt um meine Hand?«

»Habe ich.«

»Das heißt, ich würde meinen bürgerlichen Namen Krüger ablegen und Jan von Falkenhayn heißen.«

»Jan von Falkenhayn, klingt gut.«

»Dorothy hat sich immer schon einen Adligen gewünscht.«

»Du Heiratsschwindler.«

Irenes Abfuhr hatte Gasparis nicht entmutigt. Er blieb ihr auf den Fersen. Wo sie auch war, tauchte er nach kurzer Zeit auch auf. So war es auch am nächsten Morgen. Irene und Petra waren am Swimmingpool, und der Decksteward hatte ihnen gerade das Frühstück gebracht. Drinnen stand die Hitze, die Klimaanlage funktionierte immer noch nicht. Petra, die nie genug Sonne bekam, war bereits im

Bikini, Irene trug ein loses Strandkleid. Petra deutete mit dem Eierlöffel zur Reling. »Da kommt dein Schatten. Der hat wirklich Ausdauer. Und noch was muß man ihm lassen, er ist ein eleganter Knabe.«

Gasparis blieb bei den Freundinnen stehen und wünschte einen ›Guten Morgen‹. »Ich will nicht stören, aber ich möchte Sie auf etwas aufmerksam machen. Kommen Sie an die Reling, und nehmen Sie mein Fernglas.«

»Haie?« Petra sprang auf.

»Etwas Schöneres.«

»Delphine?«

Irene hob das Fernglas an die Augen. »Wo?«

Gasparis trat neben sie: »Etwas mehr links, noch mehr.«

»Jetzt hab' ich's«, rief Irene. »Sie meinen den Segler.«

Weit am Horizont war eine Segelyacht aufgetaucht. Man konnte nur schwer erkennen, wie groß das Schiff war. Aber langsam schien es näher zu kommen, man erkannte drei Maste und viele Rahsegel. Es mußte ein großes Schiff sein, vielleicht ein Schulschiff.

Irene gab das Fernglas an Petra weiter. »Wo ist Stefan, der kennt das Schiff sicher.«

»Da bin ich«, rief Stefan, »was gibt's?«

»Wir haben ein Schiff entdeckt.«

»Darf ich mal«, Stefan nahm Petra das Fernglas aus den Händen. »Moment mal, das muß die *Sea Cloud* sein. Natürlich, drei Maste und ein Besan.«

»Sea Cloud«. Der Name kam Irene bekannt vor. »Ist das nicht das Schiff von Barbara Hutton?«

»Ursprünglich mal. Es hat den Besitzer oft gewechselt, im Moment gehört es einer deutschen Schiffahrtsgesellschaft und wird an reiche Amerikaner verchartert.«

»Scheint ein großes Ding zu sein.«

Stefan nickte: »107 m lang.«

Gasparis staunte: »107 Meter, dann ist sie ja fast so lang wie die *Berlin*, wir haben 122 Meter. Sagen Sie mal, wieso kennen Sie die *Sea Cloud* so gut?«

»Ganz einfach, ich hab' mal drauf gedient. Fast ein Jahr bin ich dort herumgeturnt. Da holt man sich Seebeine, kann ich euch sagen. Damals gehörte das Schiff einem gewissen Mister Reece. Gesegelt ist er nie. Er kam nur an Bord, um große Parties zu geben. Aber jetzt entschuldigt mich, ich muß zum Käptn, der hat einen Freund auf der *Sea Cloud*.«

Käptn Krüger hatte die *Sea Cloud* nicht übersehen. »Glauben Sie, wir schlafen hier oben auf der Brücke«, sagte er lachend zu Stefan. »So ein Schiff übersehen. Nicht mal als Blinder würde ich die *Sea Cloud* übersehen. Mir wird ganz anders. Wegen so einem Schiff bin ich als Junge von zu Hause durchgebrannt – und wo bin ich heute? Heute hocke ich auf einem schwimmenden Hotel. Schauen Sie sie an, die *Sea Cloud*, sie läuft spielend fünfzehn Knoten, und schauen Sie uns an, ein schwimmender Topf, der im Schneckentempo dahinkriecht. Ich höre die Witze, die Hinrichs über uns reißt, aber er soll sie mir selber sagen; kommen Sie, Stefan, wenn Sie schon da sind, rufen Sie die *Sea Cloud*, Kanal neun Ship to Ship.«

»Mach' ich.« Stefan ging in die Funkerkabine und versuchte über UKW Kontakt mit der *Sea Cloud* aufzunehmen. »Sailing Yacht Sea Cloud, Sailing Yacht Sea Cloud von MS Berlin, bitte kommen.« Er wiederholte, aber vergeblich. »Bei denen scheint der Funker zu schlafen«, sagte er zum Käptn, im gleichen Moment meldete sich die *Sea Cloud*. »MS Berlin, MS Berlin, hier ist Sea Cloud. Hören Sie mich?« Käptn Krüger nahm den Apparat. »Wir hören Sie gut, Sea Cloud. Hier ist Käptn Krüger. Ich möchte Kapitän Hinrichs sprechen.«

»Moment, ich verbinde.«

Für einige Zeit war nur Rauschen zu hören. Kapitän Krüger wandte sich an Stefan. »Machen Sie unsere Passagiere auf die *Sea Cloud* aufmerksam. So ein Schauspiel können wir ihnen nicht alle Tage bieten.«

Endlich kam die Stimme von Hinrichs. »Hallo, hier

Hinrichs, Jan, alter Knabe, bist du's, wir haben uns schon Gedanken gemacht über euch. Es gibt hier an Bord zwei Theorien, die eine ist: ihr wollt einen Rekord im Langsamfahren aufstellen, die andere: ihr habt euch aufs Perltauchen umgestellt.«

»Ihr habt gut lachen mit euren 29 Segeln.«

»Das stimmt, euch fehlen ein paar Segel.«

»Schlimmer, wir haben Maschinenschaden. Ich hätte gute Lust, mit dir zu tauschen.«

»Das ist nicht drin, aber du könntest anheuern, uns fehlt ein Funker, im Moment haben wir nur eine Aushilfe, er behauptet, er hätte bei dir gelernt, er heißt Mike Vanderbilt.«

Über das Gesicht von Käptn Krüger ging ein Aufleuchten. »Mike ist an Bord? Ist er in der Nähe? Ich würde gerne ein Wort mit ihm sprechen.«

»Er steht neben mir, ich hab' dir doch gesagt, er ist unser Aushilfsfunker.«

»Hallo, Mike. Ich höre du bist jetzt Aushilfsfunker geworden.«

»Was bleibt mir übrig. Jedesmal wenn ich in Hamilton bin, knöpft mir deine Dorothy beim Bridge ein Vermögen ab.«

»Wo fahrt ihr hin?«

»Wir machen eine Ecke bis Fort Lauderdale, und dann geht's weiter nach Nassau.«

»Das trifft sich gut. Wir gehn auch nach Nassau. Sehn wir uns dort auf einen Drink, bei uns an Bord?«

»Abgemacht.«

»Weiterhin gute Fahrt.«

Die *Sea Cloud* war nur noch 80 Meter von der *Berlin* entfernt. Sie wirkte sehr schmal und sehr lang. Der Klippersteven hob und senkte sich bei jeder Welle, eine Bewegung, die etwas sehr Weibliches hatte: eine Dame, die huldvoll den Kopf neigt. Wenn der Bug eintauchte, flog eine Wolke Gischt über das Vorschiff.

Über dem Schiff erhob sich eine Wand weißer Segel. Bis

herüber zur *Berlin* konnte man das Singen der Takelage hören. Es war ein majestätisches Bild, ein Schauspiel, das den Passagieren der *Berlin* den Atem nahm.

Petra kommentierte mit ihrer Berliner Schnauze: »'ne richtige Hochzeitskutsche. Aber ich sehe nirgends einen Millionär, nur Matrosen, Matrosen.«

Irene lachte. »Der Millionär sitzt am Telex und macht gerade seine 368. Million. Er ist alt und verschrumpelt und kann nur noch Bouillon und eingeweichte Semmeln essen.«

»Ich weiß gar nicht, was du gegen Millionäre hast.«

Wer eine Kamera hatte, knipste. Max Leupold verschoß einen ganzen Film. Die andern winkten und schwenkten die Tücher.

Irene löste den weißen Schal, den sie als Gürtel trug. Er entfaltete sich wie eine lange Flagge. Plötzlich entglitt er ihren Fingern und flog davon, hinaus aufs Meer.

Rasch wie sie gekommen war, entfernte die *Sea Cloud* sich wieder. Nach einer Stunde konnte man sie nur noch mit dem Fernglas wahrnehmen, eine zarte Silhouette am Horizont, und schließlich wurde sie eins mit der leuchtenden Dunstlinie, wo Himmel und Meer sich berührten.

Petra seufzte: »Im nächsten Leben werde ich Barbara Hutton.«

Gasparis, der daneben stand, sah Irene fragend an: »Und Sie, was werden Sie im nächsten Leben?«

»Matrose auf der *Sea Cloud.*«

Gasparis lächelte sie mit seinen dunklen Augen an. »Und ich werde Seeräuber.«

Maja und Jürgen lagen nebeneinander im Bett. Sie schliefen nicht, sie stellten sich nur so.

Jürgen hatte sich diese verspätete Hochzeitsreise anders vorgestellt. Zweite Flitterwochen sollten es werden, aber irgendwie war alles schiefgelaufen. Es hatte in Bremerhaven begonnen, mit dem mißglückten Schäferstündchen, bei dem er das Champagnerglas zerschlug und sich die Hand verletzte. Dann folgte der verpatzte Landausflug, der Krach wegen Dodo.

In Frankfurt endete wenigstens jeder Streit mit einer Versöhnung im Bett, aber seit sie auf dem Schiff waren, wollte Maja nichts mehr von ihm wissen. Er kam gar nicht mehr an sie heran. Sie war total verändert. Aber warum. Was war der Grund? Auch an diesem Abend hatte er wieder einen Anlauf gemacht, ohne Erfolg. Maja war zu müde, wie sie sagte. Ob sie krank war? Sie aß sehr wenig, sie war noch schlanker geworden. Wenn er sie fragte, gab sie zur Antwort, sie fühle sich gesund.

Sollte einer schlau werden aus den Frauen. Auch Dodo war so seltsam, auch sie wollte nichts mehr von ihm wissen. Vielleicht liegt es an mir, dachte Jürgen. Vielleicht mache ich alles falsch.

Er drehte sich auf die andere Seite und versuchte zu schlafen. Da hörte er, daß Maja sich leise erhob. Sie ging ins Bad, blieb eine Weile dort, und als sie zurückkam, flog eine Wolke Parfum ins Schlafzimmer. Jürgen beobachtete sie durch halbgeschlossene Augen. Sie hatte den weißen Bademantel an. Sie kam nicht zum Bett zurück, sie schloß die Tür auf und wollte hinaus.

Jürgen griff zum Lichtschalter: »Maja.«

Erschrocken blieb sie stehen und zog die Tür wieder zu. »Du schläfst nicht?«

»Wo willst du hin?«

»Es ist so heiß hier drin, ich kann nicht schlafen.«

»Ich auch nicht.« Er stand auf und ging zu ihr. »Du duftest gut«, er küßte sie leicht auf den Hals, »ich habe eine Idee, wir gehen zum Swimmingpool.« Er zog sie an sich und senkte die Stimme: »Jetzt ist niemand dort, wir sind ganz allein – wir lieben uns im Wasser.«

Maja erwiderte seine Umarmung nicht. Sie stand steif da, wie leblos.

»Ich will nicht zum Swimmingpool.«

»Du hältst mich sehr kurz, ich komme mir schon vor wie ein Mönch, aber ich bin kein Mönch, ich bin ein Mann.«

»Ich will nicht zum Swimmingpool.«

»Dann bleiben wir eben hier.« Er preßte sich fester an sie.

»Laß mich.« Sie stemmte ihn mit den Armen weg von sich.

»Ich bin dein Mann.« Er wollte sie zum Bett ziehen, aber sie machte sich energisch los. »Es ist aus mit uns.«

Er starrte sie an. »Wie war das? Was hast du da gesagt?«

»Ich liebe Toni.«

»Moment mal, Toni – wer ist Toni?«

»Toni Becker.«

»Der Schiffsarzt – du machst Witze, du kennst ihn ja überhaupt nicht.«

»Ich kenne ihn länger als dich. Er war meine Jugendliebe. Ich wußte nicht, daß er hier an Bord ist. Aber als ich ihn hier sah, merkte ich, daß ich ihn immer noch liebe. Und er liebt mich auch. Wir haben uns jeden Tag getroffen. Eigentlich wollte ich es dir gleich am Anfang sagen, aber dann dachte ich, das verdirbt dir die Reise.« Sie hatte schnell gesprochen, fast tonlos.

Jürgen packte sie an den Schultern. »Du hast mit ihm geschlafen?«

»Wir haben uns jeden Tag gesehn, in der Mittagspause, in seiner Kabine.«

»Das glaub' ich nicht.«

»Geh zu ihm, frag ihn selber.«

»Du bluffst, du machst so was nicht, du nicht!« Er warf sie aufs Bett. »Ich werde dir zeigen, wem du gehörst. Bisher war ich immer rücksichtsvoll, vielleicht war das ein Fehler, vielleicht gefällt dir die brutale Tour besser.« Er hielt ihre Arme fest, Maja bäumte sich auf, zog die Beine an und stieß ihn weg. Mit einem Schmerzenslaut ließ er ab von ihr. Sie sprang auf und rannte aus der Kabine.

Toni Becker hatte einen langen Tag hinter sich. Lauter zermürbender Kleinkram, Untersuchungen, Spritzen, endlose Gespräche mit Leuten, die eigentlich einen Psychiater brauchten. Um acht Uhr hatte der letzte Patient sein Sprechzimmer verlassen, dann noch Kabinenbesuche. Um elf Uhr fiel er todmüde ins Bett. Er war im tiefsten Schlaf, als es kurz vor zwei Uhr nachts an seiner Kabinentür klopfte. Es dauerte eine Weile, bis er reagierte. Er dachte an einen Notfall und fuhr schlaftrunken in seine Kleider. Als er die Tür öffnete, stand Maja vor ihm.

»Du –« Er ließ sie eintreten und schloß die Tür. Als sie ihn umarmen wollte, wehrte er ab. »Was soll das, mitten in der Nacht, ich war grade eingeschlafen.«

»Toni«, sie drängte sich an ihn. »Ich muß mit dir reden.«

»Nicht jetzt, morgen reden wir. Und jetzt geh wieder, bitte.«

»Ich habe Jürgen alles gesagt. Ich habe ihm gesagt, daß ich dich liebe und daß ich die Scheidung will.«

Toni setzte sich aufs Bett und starrte zu Boden. Sie stand vor ihm.

»Ich dachte, du freust dich.«

»Auch das noch.« Er hob den Blick. »Ich habe dir gesagt, du sollst den Mund halten.«

»Ich mußte es ihm sagen, ich konnte nicht länger lügen.«

»Bist du noch zu retten.«

»Ich mußte es tun, ich konnte es nicht ertragen, daß er mich anfaßt.«

»Mich stört es nicht, falls dich das beruhigt.« Seine Stimme war zynisch. »Ich habe immer nur Ehefrauen im Bett.«

Sie weigerte sich, seine Worte zu verstehen. »Ich dachte, du liebst mich…«

»Es ist zwei Uhr nachts, ich habe nur eine Bitte: Laß mich in Frieden.«

Maja kniete sich vor ihn hin und umklammerte seine Knie. »Schick mich nicht weg, bitte – ich liebe dich.«

»Du kannst nicht hierbleiben.«

»Nur diese eine Nacht, bitte!«

»Und dann?«

»Morgen redest du mit meinem Mann und bittest ihn, daß er mich frei gibt.«

Toni war plötzlich hellwach, so wach und nüchtern wie sonst nur im Operationssaal, bevor er mit dem Skalpell den ersten Schnitt tat. »Ich denke nicht daran, mit deinem Mann zu reden. Und wenn er zu mir kommt, dann werde ich alles abstreiten.« Er stand auf. »Tut mir leid, daß es so endet, du hättest dich an die Spielregeln halten sollen.«

»Spielregeln –«, wiederholte Maja. Bisher waren Tonis Worte in der Watteschicht aus Illusionen, die ihr Herz umgab, steckengeblieben, das Wort Spielregeln, kalt und spitz wie ein Pfeil, erreichte sein Ziel. »Das Ganze war nur ein Spiel für dich? Warum hast du das nicht gleich gesagt.«

Er schob sie zur Tür. »Ich dachte, du bist ein erwachsener Mensch und weißt selbst, daß die Sache mit uns nur eine Episode sein kann. Geh jetzt zu deinem Mann und versöhn dich mit ihm – du hast mir doch mal erzählt, das Schönste an eurer Ehe wären die Versöhnungen...«

Sein Gesicht war ganz nahe vor ihr, das Gesicht, das sie liebte. Sie holte aus und schlug zu. Sie schlug zu, bis das zynische Lächeln verschwand. Dann ließ sie ihn stehen, ging weg.

Maja irrte durch das nächtliche Schiff, durch schwach beleuchtete Korridore, über Treppen, in denen noch der Geruch vom Abendessen hing. Das Foyer war leer, der Nachtsteward hinter dem Counter las Zeitung. Sie betrat den Lift und fuhr zum Sonnendeck.

Vom Meer kam eine frische Brise. Der Swimmingpool lag im Dunkeln. Schattenhaft glaubte sie zwei Männergestalten zu erkennen. Sie saßen Rücken an Rücken, die Köpfe aneinandergelehnt, die Hände ineinander verschlungen, schweigend.

Maja fand an einem geschützten Platz einen Liegestuhl. Die *Berlin* zog ihre Bahn im sanften Auf und Ab der Wellen und hinterließ eine glitzernde weiße Straße in der dunklen See. Am Himmel standen die Sterne. Maja nahm die Dinge bewußter wahr als sonst. Alles schien nur gemacht, um den Schmerz, den sie empfand, zu verdoppeln.

Alles war kaputt, ihre Ehe mit Jürgen, ihre Liebe zu Toni. Sie hatte immer noch seine Stimme im Ohr, seine Worte. Für ihn war es ein Spiel gewesen, eine Episode – sie hatte es ernst gemeint.

Schritte kamen näher. Der Matrose, der Deckswache hatte, machte die Runde. Maja kauerte sich im Liegestuhl zusammen, zog die Füße unter den weißen Frottéemantel. Etwas später hörte sie in der Nähe das leise Lachen einer Frau, dazwischen eine gedämpfte Männerstimme und wieder das Lachen. Ein Mann und eine Frau gingen langsam die Reling entlang, Arm in Arm. Jetzt blieben sie stehen. Sie blickten über das Meer und zum Himmel, und die Frau fing leise zu singen an: »Au clair de la lune, mon ami Pierrot.« Ihre Stimme war hell, die einzelnen Töne, so leise sie waren, hatten eine schwebende Leuchtkraft. »Au clair de la lune... mon ami Pierrot, auprès de sa voisine –«

Sie verstummte, und der Mann sagte: »Du weißt, ich kann nicht Französisch.«

»Dann engagier mich doch als Lehrerin. Ich bring's dir bei. Wir könnten gleich anfangen mit den drei wichtigsten Worten. Paß gut auf, und sag's mir dann nach: je t'aime. Jetzt bist du dran.«

»Je t'aime – aber es fehlt noch das dritte Wort.«

»Das sind schon drei Worte.«

»Nein, da fehlt ein Wort, es muß heißen, je t'aime, Monique.«

Die Frau lachte leise. »Du kannst ja Französisch. Du brauchst mich gar nicht als Lehrerin.«

Der Mann antwortete nicht. Er nahm die Frau in die Arme; die beiden küßten sich und blieben lange so stehen.

Liebe, dachte Maja, und sie wünschte, sie hätte das Wort nie gehört, sie wünschte, sie hätte dieses Schiff nie betreten, sie wünschte, sie wäre Toni nie wiederbegegnet. Alles war kaputt – auch die Erinnerung. Sie zog die Decke, die am Fußende des Liegestuhls lag, über sich, und irgendwann schlief sie ein.

Zwischen vier und fünf Uhr morgens hatte Gaby einen Alptraum: Sie saß im Speisesaal und merkte plötzlich, daß sie über dem Kleid eine Schwimmweste trug. Die Schwimmweste war sehr groß, sie reichte bis zu den Füßen, und sie war so schwer, daß sie sich darin kaum bewegen konnte. Sie versuchte den Verschluß zu öffnen, und da merkte sie, es gab keinen Verschluß, die Weste klebte fest an ihr, war mit ihr verwachsen.

Schweißgebadet, mit klopfendem Herzen wachte sie auf. Bevor sie die Augen öffnete, betastete sie sich, immer noch verängstigt durch den Traum. Dann atmete sie erlöst auf. Gott sei Dank, nur ein Traum.

Es war nicht mehr dunkel in der Kabine. Durch die Vorhänge sickerte bereits das Grau der Morgendämmerung. Gaby hob den Kopf und blickte neben sich – aber der Platz neben ihr war leer, das Bett unberührt. Gaby überlegte nicht lange. Sie stand auf und lief zu ihrem Vater. Ohne anzuklopfen, betrat sie seine Kabine. »Monique ist weg –«, sie stand am Bett ihres Vaters, »Monique ist weg...« Die Worte blieben ihr im Hals stecken. Mit offenem Mund und großen Augen beugte sie sich über das Bett. Neben ihrem Vater, den Kopf an seine Schulter geschmiegt, das dunkle Haar aufgelöst, lag friedlich schlafend Monique.

Max Leupold blinzelte verschlafen. »Gaby, du, was ist denn?« Das kleine Mädchen strahlte übers ganze Gesicht und platzte heraus: »Ich habe euch in flammanti erwischt. Jetzt müßt ihr heiraten.« Sie hüpfte vor Freude ums Bett. »Ich hab's dir gesagt, es gibt eine Hochzeit.«

Monique wachte auf und murmelte im Halbschlaf:

»Was ist los…« Gaby wiederholte triumphierend: »Ich habe euch in flammanti erwischt, jetzt wird geheiratet.«

»Es heißt in flagranti«, korrigierte der Vater, »in flagranti, du darfst mich vor meiner gescheiten Frau nicht blamieren, sonst nimmt sie mich am Schluß nicht.«

»Sie muß dich nehmen. In flagranti, da muß man heiraten, das weiß ich genau.«

Nassau

Die *Berlin* lief am frühen Morgen in den Hafen von Nassau ein. Sie machte nicht am üblichen Pier fest, sie verholte direkt bei der Prince-George-Werft. Die Gangway beim Frachteingang wurde ausgefahren, und wenig später hielten zwei Materialwagen der Werft am Kai. Man lud Kabelrollen und Kisten mit Maschinenteilen aus; eine Equipe von Mechanikern und Elektrikern kam an Bord. Im Innern des Schiffes begann ein Klopfen und Hämmern und weckte die Passagiere.

Irene und Petra waren die ersten, die an Land gingen. Sie nahmen nicht einmal das Frühstück an Bord ein. Beide waren sie landhungrig, wollten endlich wieder festen Boden unter den Füßen haben.

Petra zog es in die Bay Street. Im Reiseprospekt hatte sie gelesen, daß die Bay Street zwei Kilometer lang war und eine *der* Einkaufsstraßen der Welt. Auf der einen Seite standen hübsche zweistöckige Häuser im englischen Kolonialstil mit Balkonen und Terrassen, die von leichten Stützpfeilern getragen wurden, auf der anderen Seite erstreckten sich Kai und Hafen; jenseits des Hafens lag Paradise Island.

»Wir müssen den Kürschner finden, bei dem es Bademäntel aus Nerz gibt.« Sie blickte Irene vielsagend an. Gasparis' Angebot für die eine Nacht mit Irene beschäftigte sie nachhaltig. »Einen Nerz ablehnen – bereust du's nicht doch ein bißchen?«

»Das nächste Mal mach' ich's besser.«

»Du meinst, er wiederholt seine Offerte?«

»Vielleicht macht er mir sogar eine bessere.«

»Er gefällt dir also doch.«

»Du, Gasparis ist ein interessanter Mann und der erste, der mir einen Nerz schenken wollte. Daran werde ich mich noch als Großmutter erinnern – aber...«

»Was aber?«

»Ich spüre nichts in seiner Nähe. Er läßt mich kalt, völlig kalt.«

»Wahrscheinlich kam er deshalb auf die Idee mit dem Nerz. Er wollte dich zumindest äußerlich erwärmen.«

Beim nächsten Café blieb Petra stehen und schnupperte. »Hier duftet es wunderbar.« Irene zog die Freundin weiter. »Ich denke, du bist um zehn im Café Flamingo mit Stefan verabredet?« – »Wir haben noch mehr als eine Stunde, komm, wir gehen zum Rawson Square, dort muß der Strohmarkt sein. Nach dem Stadtplan sind es nur ein paar Schritte.«

Sie erwarteten etwas Ländliches, einen Markt mit bäuerlichen Strohflechtern, die ihre Ware anboten, und waren sehr überrascht, auf einen großen langgestreckten Platz mit hohen Palmen und eleganten Häusern zu kommen. Die Mitte des Platzes nahm ein kleiner Park ein, mit Musikpavillon, Blumenrabatten und einem plätschernden Springbrunnen. Der Strohmarkt befand sich auf der rechten Seite: zwei Basarstraßen im Schatten von bunten Zeltdächern und Sonnenschirmen, wo es alles gab, was man aus Stroh herstellen konnte, Hüte, Taschen, Masken, Schuhe, Wandschmuck.

Eine Stunde lang flanierten sie von Stand zu Stand, ohne etwas zu kaufen, die Vielfalt war zu verwirrend, dann kehrten sie in die Bay Street zurück und suchten das Café Flamingo, wo Stefan um zehn Uhr Petra abholen wollte. Es war ein rosa Haus mit rosa Markisen, das den einladenden Duft frisch gerösteten Kaffees und ofenwarmen Gebäcks verströmte. Von der Terrasse aus im ersten Stock hatten sie einen Blick über den Hafen und nach Paradise Island. Weit draußen auf der Reede fiel Irene ein Rahsegler auf. »Petra, schau mal, ich glaube, da liegt die *Sea Cloud*.«

Petra reagierte gar nicht, sie war gerade damit beschäftigt, die Lippen nachzuschminken. Immer wenn sie in ein Lokal kam, holte sie Puderdose und Lippenstift aus der Handtasche; sie wußte, daß eine Frau mit Spiegel und Lippenstift in den Händen die Blicke der Männer auf sich zog, und Männerblicke waren, ihrer Ansicht nach, die beste Kosmetik für eine Frau, zum Beispiel die fröhlichen Augen des dunkelhäutigen Kellners, die sich jetzt mit ungenierter Bewunderung auf ihr niederließen. Er stellte das Frühstück auf den Tisch, Kaffee für Petra, Tee für Irene, und ein Körbchen mit Brioches.

Petra hatte vor, mit Stefan zum Strand zu fahren, Irene war mit den Modeleuten verabredet. »Laß die zwei Modefritzen sausen«, meinte Petra, »komm mit zum Strand.«

»Wenn ich schon in Nassau bin, möchte ich was sehen. Und unbedingt im berühmten *British Colonial*-Hotel zu Mittag essen.«

»Gasparis hat doch sicher versucht, mit dir was auszumachen.«

»Hat er.«

»Und?«

»Was ihn an mir reizt, ist meine Gleichgültigkeit. Ich mußte nein sagen, ich durfte ihn nicht enttäuschen.«

»Das ist zu hoch für mich.«

»Er ist der typische Junggeselle mit Geld. Es interessiert ihn nur das, was er nicht kaufen kann. Er läßt mich einfach kalt.« Irene lehnte sich über die Balustrade der Terrasse. Auf der Kaimauer saß ein Matrose der *Sea Cloud*, den sie schon seit einer Weile beobachtete. Er war groß und dunkelblond und hatte ein Gesicht, das sie an den Schauspieler erinnerte, in den sie als Vierzehnjährige verliebt war, an Leslie Howard, schmal, versonnen, jungenhaft, eigensinnig. Er trug ein weißes Matrosenhemd mit der Aufschrift ›Sea Cloud‹ und eine weiße Matrosenhose. Auf den Knien hatte er einen Zeichenblock. Zeichnete er die *Sea Cloud*?

Petra schenkte sich eine zweite Tasse Kaffee ein. »Hast

du Stefan gesichtet?«

»Nein, aber einen anderen Mann – einen, der mir gefällt.«

Petra blickte sich um. »Wer, wo, was, ich sehe null Mann, nur den Kellner.«

Irene deutete nach unten. »Er sitzt auf der Kaimauer und zeichnet.«

Petra war enttäuscht. »Ich habe nichts übrig für arme Schlucker, das ist doch bloß ein Matrose.«

»Ich habe nicht gesagt, daß er reich ist, ich habe gesagt, daß er mir gefällt.«

»Und wieso gefällt er dir? Was ist an dem dran?«

»Er ist einfach ein guter Mann. Schau mal, was für einen schönen Nacken er hat, und die Rückenlinie, und die schmalen Hüften. Die meisten Männer mit Vierzig sind doch nur noch ein Fleischpaket mit einer blöden Krawatte um den Hals.«

Petra begann zu lachen. »Ich werd' verrückt, seit wir auf dem Schiff sind, versuch' ich dich zu verkuppeln, und du fliegst auf den erstbesten Matrosen.«

Irene stimmte in Petras Lachen ein. »Immerhin ist er ein Matrose von der *Sea Cloud*.«

»Woher willst du das wissen?«

»Es steht auf seinem Hemd.«

Petra strich die Orangenkonfitüre auf ihre Brioche. »Den Besitzer der *Sea Cloud* müßte man kennen.«

»Danke schön, diese reichen Heinis sind doch Brechmittel.«

»Aber –«, weiter kam Petra nicht, denn Stefan trat zu ihnen an den Tisch. »Guten Morgen, ihr zwei Schönen. Da bin ich, und auf die Minute pünktlich. Habt ihr gesehn, die *Sea Cloud* ist da.«

Sie bezahlten und verließen zu dritt das Café. Bevor sie sich trennten, fragte Petra noch mal: »Willst du nicht doch mit zum Strand kommen, Stefan sagt, es sei dort so schön wie auf Hawaii.«

»Vielleicht morgen.«

»Stefan will mir das Surfen beibringen.«

»Viel Spaß.«

Petra und Stefan schlenderten davon, und Irene ging über die Straße zum Kai. Sie schaute sich die Boote an, die dort lagen. Eines hieß *Blue Leopard*, ein anderes *Yellow Drama*, ein drittes *Amadea*; Matrosen waren dabei, die Decks abzuspritzen, die Chrombeschläge zu polieren, Segel zu lüften.

Schließlich stand sie hinter dem Matrosen von der *Sea Cloud*, der mit dem Zeichenblock auf den Knien auf der Kaimauer saß. Sie trat hinter ihn und blickte über die Schulter auf die Zeichnung. Sie faßte sich ein Herz und sagte: »Schönes Schiff, die *Sea Cloud*.« Er wandte den Kopf und sah zu Irene auf: »Das ist sie. Für mich ist die *Sea Cloud* das schönste Schiff. Deshalb versuche ich immer wieder, sie zu zeichnen.«

»Darf ich?« fragte Irene und setzte sich neben ihn.

Er nickte. »Ihr Englisch klingt so, als würden Sie aus Deutschland kommen.«

»Ja. Können Sie Deutsch?«

»Nicht so gut wie Sie Englisch. Ich mag das deutsche Englisch, es klingt ungefähr so, wie die englische Königin redet, wenn sie ihre Thronreden verliest.«

Sie sahen sich an, und ein Lächeln ging zwischen ihnen hin und her. Wenn er lächelte, wurde seine Ähnlichkeit mit Leslie Howard noch deutlicher. Das Lächeln entstand nicht außen, auf der Oberfläche durch die Mimik, es kam von innen, ein Licht, das die dunkelgrauen Augen heller werden ließ und den ruhigen Zügen etwas Kühnes verlieh.

»Woher kennen Sie die *Sea Cloud*?« fragte er.

»Wir haben sie vorgestern auf dem Meer gesehn. Sie ist mit vollen Segeln an uns vorbeigezogen. Es war wunderbar.«

»Dann sind Sie von der *Berlin*.«

»Ja –« Sie faßte sich ein Herz. »Ich würde Ihnen gerne

die Zeichnung abkaufen. Was verlangen Sie dafür?« Das kam offensichtlich unerwartet für ihn. Er blickte auf die Zeichnung und dann zu Irene. »Ich weiß nicht, was ist Ihnen die Zeichnung denn wert? Ich habe nämlich noch nie was verkauft. Es hat mich noch niemand gefragt, Sie sind die erste... Schauen Sie das Blatt erst noch mal an. Wollen Sie es wirklich haben?«

»Ich finde es sehr schön.«

Er holte ein anderes Blatt hervor, auf dem er die *Sea Cloud* mit Segeln gezeichnet hatte. »Und das?«

Irene verglich die beiden Blätter. »Ich bleibe beim ersten, mir gefallen die Ruhe darin und die schönen Linien des Schiffs.« Sie überschlug ihr Reisebudget. »Würden Sie mir das Blatt für fünfzig Dollar geben?«

»Na ja, Picasso hat mehr bekommen, aber für einen Anfänger ist das nicht schlecht.«

Irene nahm das Portemonnaie aus der Tasche und gab ihm fünf Zehndollarscheine.

Er hielt die Noten in der Hand. »Fünfzig Dollar, nicht zu fassen, wissen Sie, das ist das erste Geld, das ich so verdiene. Cash auf die Hand.«

»Aber als Matrose verdienen Sie doch auch.«

Er nickte abwesend: »Ja, ja, aber das ist etwas anderes.«

»Kann ich die Zeichnung jetzt haben?«

»Moment, sie ist noch nicht signiert.« Er setzte seinen Namen in die rechte Ecke und überreichte Irene das Blatt.

»Mike Van«, las Irene.

»Mein Künstlername. Und wie heißen Sie?«

»Irene.«

Er wiederholte den Namen und sah ihr dabei in die Augen »Irene. Irene, Sie haben meinen Tag gemacht.« Er stockte. »Komisch, Sie sehen gar nicht aus wie eine Touristin.«

Irene blickte lächelnd an sich herunter. Sie trug leuchtend rote Leinenschuhe mit hohen Keilabsätzen aus Kork und ein weißes Kleid mit einem roten Lackgürtel. »Wie sehe ich denn aus?«

»Einfach anders. Was halten Sie von einem kleinen Bummel? Ich könnte Ihnen einiges zeigen. Ich kenne mich ziemlich gut aus in Nassau.«

»Warum nicht...«

Die beiden standen auf; Irene wußte nicht recht, wohin mit der Zeichnung. »Darf ich?« Mike nahm das Blatt, rollte es zusammen; dann holte er aus der linken Hosentasche einen Gummi und streifte ihn über die Rolle.

Ein Mann, der einen Gummi in der Hosentasche hat, dachte Irene. Einen Gummi, aber keine Brieftasche, denn die Dollarnoten hatte er in der rechten Hosentasche verschwinden lassen. Bestimmt hatte er auch ein Messer bei sich. Ein Matrose eben.

Mike gab ihr das gerollte Blatt zurück. »Ich möchte Sie was fragen, was machen Sie damit? Ist es ein Geschenk für Ihren Mann?«

»Nein –«, sie stockte und blickte auf den Ehering an ihrer Hand. Der Ring war die Vergangenheit, war Berlin. Beides, die Vergangenheit und Berlin schienen weit weg; ein ganzes Meer von Zeit und Raum lag dazwischen. »Sie meinen den Ehering? Den trage ich zum Andenken, mein Mann lebt nicht mehr.«

»Verzeihung –«, jetzt war Mike es, der nicht weiter wußte. Irene legte unwillkürlich die Hand auf seinen Arm. »Seit ich auf dem Schiff bin, habe ich alles andere vergessen.« Sie sah ihn an. »Geht Ihnen das auch so auf dem Schiff, daß Sie Ihr Zuhause vergessen?«

»Hm –«, er nickte nachdenklich. »Das ist das Meer. Auf dem Meer gilt nur die Gegenwart, da hört man auf zu denken, da lebt man. Kommen Sie, ich weiß einen Fischer, der hat die großen Muscheln, in denen das Meer singt. Ich möchte Ihnen eine schenken, dann haben Sie auch zu Hause das Meer bei sich. Es sind nur ein paar Schritte.«

Ein paar Minuten später standen sie am Woodes Rogers Walk, dem großen Muschelmarkt von Nassau, unmittelbar am Hafen. Tausende von Muscheln, frisch aus dem Meer, noch grün von Tang und Algen, häuften sich auf primitiven Holztischen. Sie wirkten sehr lebendig. Jedesmal wenn Irene eine in die Hand nahm, hatte sie das Gefühl, die harte Schale könnte plötzlich beweglich werden, der Mund mit den lachsfarbenen Perlmuttlippen könnte sich weit öffnen.

Im Weitergehen sagte Mike: »Es gibt ein indianisches Märchen von einer Muschel, die rund um die Welt wandert, weil sie eine andere Muschel sucht. Zuerst schwimmt sie durch alle Meere, dann erhebt sie sich in die Lüfte, zuletzt wandert sie über die Erde. Dreimal macht sie den Weg um die Erde, und sie vergißt dabei ganz, daß sie etwas sucht. Irgendwann ist sie wieder an dem Strand, wo das Meer sie an Land gespült hat. Die Flut holt sie zurück ins Meer, und dort findet sie die Muschel, die sie so lange gesucht hat.«

Irene wartete darauf, daß er weitersprach, es war schön, neben ihm zu gehen und ihm zuzuhören, aber er schwieg. Schließlich kamen sie zu dem Fischer, von dem Mike gesprochen hatte. Er saß etwas abseits in einem winzigen blauen Boot, das mit dem Kiel fest in den Sand gegraben war. Über dem Boot erhob sich ein ausgebleichter rosa Sonnenschirm. Im Schatten des Sonnenschirms hockte der Fischer, ein dicker dunkelhäutiger Bahamer mit einem glatten Buddhagesicht. Er hatte nicht viele Muscheln, und er bot sie nicht offen ausgelegt an wie die anderen Fischer. Seine Muscheln lagen vor ihm in dem kleinen, blauen Kahn, halb versteckt von einem blauen Fischernetz. Mike deutete auf ein großes Exemplar, der Mann schlug das Netz zurück und holte die Muschel hervor. Er betrachtete sie liebevoll, bevor er sie Mike gab. »Dis is a biuddy, Sir.« Der Blick des Fischers ging zu Irene: »A biuddy like de Lady.«

Mike hielt Irene die Muschel ans Ohr, und der Fischer nickte mit einem wissenden Lächeln: »Lissen Lady, she sings de love-song of de sea, lissen Lady.«

Der Fischer holte eine zweite Muschel unter dem blauen Netz hervor und hob sie in die Höhe. Die Muschel war noch größer als die erste: »One in a million, Sir.« Er gab Mike die Muschel und wühlte weiter unter dem blauen Netz. Diesmal brachte er eine kleine Muschel hervor, außen goldfarben, innen hell wie ein Perle. »For you Lady, my little jinggle bell baby.«

Irene stand da, in jeder Hand eine Muschel. Es fiel ihr schwer, sich zu entscheiden. »Wählen Sie«, sagte sie zu Mike. »Ganz einfach, wir nehmen alle drei.« Mike bezahlte, und dann standen sie da mit den Muscheln. Irene hatte zwei Muscheln im Arm und die gerollte Zeichnung, Mike eine Muschel und den Zeichenblock. Sie schauten sich an und mußten lachen. »Wenn wir so weitermachen«, sagte Irene, »müssen wir einen Träger engagieren.«

»Ich bin ein ausgezeichneter Träger und im Moment ohne feste Anstellung.«

»Was für einen Lohn verlangen Sie?«

»Darüber müßten wir verhandeln, vorausgesetzt, Sie sichern mir gute Behandlung zu.«

Sie gab ihm einen Kuß auf die Wange. »Sie sind engagiert.«

»Sie werden's nicht bereuen. Ich schlage vor wir gehn erst mal zum Strohmarkt und holen uns eine Tasche, er ist gleich um die Ecke. Sie verließen den Hafen und betraten eine schattige Gasse, in der sich streunende Hunde balgten. Am Ende der Gasse öffnete sich vor ihnen der Rawson Square und empfing sie mit dem städtischen Charme seiner englischen Kolonial-Eleganz.

Es war der gleiche Platz, über den sie vor einer Stunde mit Petra spaziert war, die gleichen Palmen, die gleichen Häuser, die gleichen Händler mit den gleichen Waren – und doch war alles anders, einfach weil sie Mike bei sich hatte, diesen Matrosen, der Gummis aus der Hosentasche zaubern und indianische Märchen erzählen konnte.

Sie kauften eine Tasche, groß genug für die Muscheln, die Zeichnung, den Block »und für alles, was wir noch kaufen«, wie Mike sagte.

»Wir kaufen nichts mehr.«

»Nicht so voreilig, wie wäre es zum Beispiel mit einem federleichten Panamahut?«

Irene probierte einen auf. Es war ein Herrenhut, und Mike war versucht Irene zu sagen, daß sie ein Profil wie Greta Garbo habe, aber er sprach es nicht aus, und er wunderte sich, daß er es nicht tat. Frauen liebten solche Komplimente, aber irgend etwas sagte ihm, daß Irene anders war.

Irene wollte den Hut zurücklegen. »Zu teuer.« Mike hielt ihren Arm fest. »Die Sonne hier hat es in sich. Nur mit einem Strohhut kann man kühlen Kopf bewahren.«

»Sie meinen der Hut ist ein Muß?«

»Ja.«

»Dann müssen wir wohl zwei kaufen.«

Jürgen Kling lag auf einem Ledersofa der *Berlin* und schlief seinen Rausch aus. Nebenan im Clubraum arbeitete die Reinigungsequipe; der große Industrie-Staubsauger brummte laut. Als Jürgen erwachte, wußte er zuerst nicht, wo er war. Er hörte ein Brummen. War es in seinem Kopf? Er sah das Lederpolster neben seinem Gesicht. Lag er auf dem Rücksitz einer amerikanischen Limousine?

Er richtete sich auf, und ein violetter Chip fiel zu Boden. In der Mitte des Chips stand die Zahl 500. Er hob den Chip auf. Jeder Knochen tat ihm weh. Ein 500er Chip. Und dort stand der grüne Tisch mit dem Roulette.

Die Araber hatten die ganze Nacht gespielt. Scheich Mehmed hatte auf der einen Seite gesessen, ihm gegenüber Prinz Shaktoum und neben Prinz Shaktoum Dodo. Der Prinz hatte ihre Hand gehalten und wie in Trance gesetzt. Jede Zahl, die er setzte, kam. Die anderen am Tisch verloren. Scheich Mehmed, Gasparis, Cherry Caroll. Prinz

Shaktoum gewann. Er ließ Dodos Hand nur los, um die gewonnenen Chips einzusammeln; mit der Zeit wurde es ein ganzer Berg. Er winkte einem Steward und ließ einen Eiskübel bringen. Klappernd fielen die Chips in den Eiskübel. Prinz Shaktoum nahm wieder Dodos »magische Hand«.

Cherry Caroll und Gasparis gaben auf, Scheich Mehmed spielte weiter und verlor weiter, aber es blieb in der Familie. Prinz Shaktoum füllte den Eiskübel mit gewonnenen Chips. Als sie aufhörten, war der Eiskübel halb voll. Prinz Shaktoum verteilte zwei Handvoll Chips als Trinkgelder, dann drückte er den Kübel Dodo in die Arme.

Mit dem silbernen Topf in den Armen kam sie zu Jürgen, der an der Bar saß. Sie bat ihn, ihr beim Zählen zu helfen. Sie kippte den Inhalt auf den Roulettetisch, und sie begannen Häufchen zu machen, grüne 100er Chips, blaue 200er Chips, gelbe 300er Chips, schwarze 400er Chips, violette 500er Chips, rosa 1000er Chips. Sie bauten Türmchen mit den Chips; die Türmchen stürzten zusammen, und sie fingen von vorne an. Nebenbei tranken sie Brandy, nicht aus Gläsern, aus der Flasche, und dann plötzlich hatte Dodo zu weinen begonnen, und er hatte sie trösten müssen.

Die Reinigungsequipe kam ins Casino; mit lautem Brummen schob sich der Staubsauger herein. Jürgen sah die erstaunten Augen der Leute und ging schnell weg. Er fühlte sich nicht gerade sicher auf den Beinen. Er fand den Lift und drückte sein Deck. Erst in diesem Moment fiel ihm Maja ein. Teufel, dachte er, das kann was geben. Die Vorstellung, im nächsten Augenblick der eifersüchtigen Maja gegenüberzustehen, ernüchterte ihn. Moment mal, dachte er, und dann stand wieder die Szene vor ihm, die sich abgespielt hatte, bevor er unten in der Casino Bar versumpft war.

Maja und der Schiffsarzt.

Maja und Toni Becker, ihre große Jugendliebe.

Er war der Betrogene. Der Gedanke lähmte ihn. Hätte er die Nacht bei Dodo verbracht, wäre er jetzt voller Selbstvertrauen zu Maja gegangen und hätte das Gewitter über sich ergehen lassen, ja, irgendwie hätte er es sogar genossen und sich in seiner Männlichkeit bestätigt gefühlt. Aber Maja hatte ihn betrogen. Maja hatte einen anderen Mann. Er fuhr mit dem Lift wieder nach unten. Er wollte sie jetzt nicht sehen.

Auf der Toilette hielt er den Kopf unters kalte Wasser, kämmte das nasse Haar zurück, versuchte das verdrückte Dinnerjackett glattzustreichen. Dann ging er ins Restaurant und bestellte eine Portion Kaffee, eine Bloody Mary und einen Eggnogg, eine Kombination, die er seit Jahren erfolgreich gegen einen Brummschädel einsetzte.

Durch die Gespräche an den anderen Tischen bekam er mit, daß sie im Hafen von Nassau lagen und daß die Araber an diesem Morgen von Bord gehen würden, um ihre eigene Yacht, die *Selim*, zu übernehmen. Scheich Mehmed ging gerade über die Decks und verteilte Trinkgelder. Er nahm Hundertdollarnoten aus dem kleinen, abgenutzten Krokokoffer, den einer seiner Leibwächter für ihn trug.

Sylvie packte. Sie würde mit den Arabern das Schiff verlassen. Es bereitete Sylvie große Genugtuung, Stefan zu zeigen, daß es auch ohne ihn ging. Die brillantbesetzte Rolexuhr an ihrem Handgelenk – das Einstandsgeschenk von Scheich Mehmed – verhieß ihr ein neues Leben, ein Leben im Luxus, ein Leben in einer anderen Welt – und wer weiß – mit neuen ungeahnten Abenteuern.

Die meisten Passagiere hatten es eilig, an Land zu kommen, und das Restaurant leerte sich.

Ob Maja immer noch bei ihrem Toni war? Ob die beiden jetzt durch Nassau spazierten, Hand in Hand? Jürgen gab sich einen Ruck und ging in seine Kabine. Maja war nicht da und das Zimmer bereits aufgeräumt. Auf dem Schreibtisch lag ein Brief für ihn. »Lieber Jürgen«, stand da, »es tut mir leid, daß alles so gekommen ist. Ich kann nicht auf dem Schiff bleiben. Erst hast du alles kaputtgemacht, und jetzt habe ich alles kaputtgemacht. Ich nehme das nächste Flugzeug nach Frankfurt. Verzeih mir, daß ich dir die Reise verdorben habe. Deine unglückliche Maja.«

Nachdem er den Brief gelesen hatte, wußte er überhaupt nichts mehr. Sie hatte ihn betrogen. Sie wollte jetzt nach Frankfurt zurückfligen. Und wieso war sie unglücklich?

Jürgen duschte und zog frische Kleider an. Dann ging er an Land, suchte ein Reisebüro und erkundigte sich nach den Flügen. Um 13 Uhr und um 15 Uhr gingen Maschinen nach Miami; von Miami konnte sie um 20.05 mit dem Lufthansaflug 437 Nonstop zurück nach Frankfurt. Er schrieb sich die Zeiten auf und fragte, wie lange die Fahrt mit dem Taxi bis zum Flughafen Nassau International dauerte. »Eine halbe Stunde«, war die Auskunft.

Dann stand er wieder draußen auf der Bay Street. Es war heiß, es war laut, und alle Menschen, vor allem die Einheimischen, hatten eine Fröhlichkeit, die Jürgen auf die Nerven ging. Er wußte nicht, was er tun sollte. Zum Flughafen fahren und Maja zurückholen? Und wenn sie stur blieb?

Er kaufte sich eine Zeitung und setzte sich in die hinterste Ecke eines dämmrigen Cafés. Seine Gedanken gingen im Zickzack; einmal war er entschlossen, Maja zurückzuholen, dann sagte er sich gleich wieder, verdammt, hysterische Frauen muß man lassen.

Was hatte dieser Becker mit ihr gemacht? Mehr und mehr konzentrierte sich Jürgens Wut auf Becker. Wenn er Maja betrog, hatte er immer große Töne gespuckt, die freie Liebe proklamiert, das Recht des Menschen auf viele Liebesverhältnisse. Jetzt sah er die Sache ganz anders. Dieser Becker hatte seine Frau verrückt gemacht, und er, Jürgen, hockte jetzt da und konnte sehen, wie er die Scherben leimte. Dieser hergelaufene Schiffsarzt. Mit dem nahm er es immer noch auf. Mit dir rechne ich noch ab, dachte er. Du bekommst deinen Denkzettel.

Jürgen bezahlte und verließ das Café. Das erste Taxi, das

er sah, hielt er an und fuhr damit zum Flughafen Nassau International.

In der Eingangshalle des *British Colonial Hotels* wimmelte es von Amerikanern; ein Bus hatte eine Reisegruppe ausgeladen, und die Menschen riefen durcheinander wie eine aufgescheuchte Schafherde. Hätten die großen Blumenvasen nicht in Nischen gestanden, geschützt durch zierliche Säulenbalustraden, die Touristen hätten sie umgerannt. Hausdiener schleppten Berge von Gepäck herein, und im Hintergrund standen wachsam und bewaffnet Detektive.

An der Reception hatte niemand Zeit für Max Leupold. Er vertrieb sich das Warten, indem er sich ein bißchen umschaute in diesem Haus, das von Kennern zu den ersten Hotels der Welt gerechnet wurde. Er warf einen Blick in das berühmte Restaurant, ein riesiger Raum, eine Mischung aus Tanzsaal und Wintergarten mit Palmen und Blumen und schönen hochlehnigen Korbstühlen, die jeden Tisch zu einer Insel werden ließen.

Sollte er einen reservieren? Einige Tische vorne am Fenster mit Blick auf Hafen und Strand waren bereits besetzt. Erst einmal sehen, wie das Gespräch an der Reception verlief. Er schaute auf die Uhr. Monique und Gaby hatte er in der Eisbar abgesetzt, unter den schattigen Kolonnaden des Innenhofs; dort waren sie gut aufgehoben.

Als er in die Halle zurückkehrte, war die Reisegruppe verschwunden, nur ein Teil des Gepäcks lag noch da. Der junge Mann an der Reception war ein flachsblonder Finne, der erst seit einer Woche hier arbeitete. Auf seinem Namensschild stand Ykennen. »Was kann ich für Sie tun?« fragte er Max Leupold.

»Ich möchte ein Zimmer.«

»Sie haben reserviert? Auf welchen Namen bitte?«

»Nein, ich habe nicht reserviert.«

»Mal sehen, ob wir noch was haben. Einzelzimmer oder Doppel?«

»Egal.«

Der junge Mann stutzte. »Sie sind allein?«

»Nein, wir sind zu dritt.«

»Verstehe, mit Kind?«

»Ja.«

»Das ist kompliziert.« Der junge Mann studierte den Zimmerplan. »Ich habe kein Doppelzimmer mehr, nur noch Einzelzimmer. Ich könnte Ihnen drei Einzelzimmer geben, aber nicht auf dem gleichen Stockwerk und nur eines zum Meer hinaus.«

»Ich will nur *ein* Zimmer.«

»Sie sagten, Sie sind zu dritt.«

»Ja, aber wir wollen das Zimmer nicht benützen, es ist so...«

»Moment«, Ykennen sah sich diesem komischen Gast nicht gewachsen, verschwand im Büro und kam mit einem untersetzten älteren Mann zurück, der laut Namensschild Mueller hieß und der Leupold sofort deutsch ansprach. »Mein Kollege sagt mir, es gibt Probleme.«

»Es ist so, ich möchte ein Zimmer, aber ich will es nicht bewohnen. Ich brauche nur eine Adresse in Nassau.«

Mueller begriff sofort: »Sie wollen heiraten?«

Max Leupold nickte stumm.

Mueller dolmetschte für Ykennen. »He wants to get married. He just needs an address, you see.« Dann wandte er sich wieder Max Leupold zu und meinte halblaut: »Mir scheint, wir sind Landsleute, ich bin auch Bayer. Hoffentlich ist die Braut keine Preußin.«

»Straßburg.«

»Eine Elsässerin, gratuliere, das sind pikante Frauen. Wann soll es denn steigen, heute schon?«

»Ja.«

»Sie wissen, offiziell geht es erst nach einem Aufenthalt von mindestens drei Tagen.«

»Weiß ich, aber womöglich muß unser Schiff nicht so lange hierbleiben.«

»Verstehe, Sie sind mit der *Berlin* gekommen?«

»Ja.«

»Darf ich Sie um Ihren Namen bitten? Falls der Beamte vom Registrar General's Office rückfragt, man kann nie wissen.«

Max Leupold gab Mueller seine Visitenkarte und diskret zusammengefaltet eine Hundertdollarnote. Mueller hatte weniger erwartet. Er bedankte sich mit einem altmodischen: »Zu gütig.« Dann fragte er: »Und wo ist die Braut?«

»Meine Frauen sind in der Eisbar.«

»Hab' ich richtig gehört, haben Sie Frauen gesagt?«

»Ich bin kein Bigamist, die eine ist meine neunjährige Tochter Gaby.«

»Holen Sie Ihre Frauen, ich kümmere mich um die Kutsche. Sie nehmen doch eine Kutsche – bei uns hier nennt man sie Surrey.«

»Die Kutsche habe ich schon, ohne Kutsche hätten meine Frauen es nämlich nicht gemacht. Zufällig haben wir eine weiße gesehen. Der Kutscher ist ein lustiger Mann, er trägt einen weißen Zylinder.«

»Das ist Jackson, den kenne ich, ein netter Bursche, aber handeln Sie den Preis vorher mit ihm aus, sonst haut er Sie übers Ohr. Wenn Sie Ihren Frauen was bieten wollen, müssen Sie nach der Trauung nach Paradise Island. Geben Sie Jackson fünfzig Dollar, dann fährt er Sie den ganzen Tag. Ich werde im *Britannia Beach Hotel* einen schönen Tisch reservieren lassen fürs Mittagessen. Der Küchenchef ist ein Schweizer, man ißt gut dort. Kann ich sonst noch was für Sie tun?«

»Den Tee würde ich mit meinen Frauen gerne hier nehmen, im *British Colonial*.«

»Selbstverständlich – Sie sind ja jetzt Gäste des Hauses. Ich kümmere mich darum.«

Die Zeremonie im *Registrar General's Office* in der East Hill Street dauerte keine zehn Minuten. Der Beamte war ein grauhaariger Mann mit einem Vollmondgesicht; er trug einen dunklen Anzug und hatte etwas von einem Dorfpfarrer. Er warf einen kritischen Blick auf die Paßbilder von Max und Monique, einen ebenso kritischen auf Jackson, der als Trauzeuge fungierte, und gab die Pässe dem Sekretär, der sofort begann die Heiratsurkunde an der Schreibmaschine auszufüllen. Der Beamte prüfte die Urkunde, klebte eine farbenprächtige Amtsmarke in die linke untere Ecke, setzte einen Stempel daneben und kassierte die Gebühr. Monique und Max unterschrieben die Urkunde, der Beamte drückte ihnen die Hand und sagte dabei jedesmal mit großem Ernst: »Praise de Lawd. Praise de Lawd.«

Der Sekretär schaltete einen Cassettenrecorder ein, und es erklang eine Steelband-Version von Mendelssohn's Hochzeitsmarsch. Der Beamte forderte das Paar auf, die Ringe zu tauschen und sich zu küssen.

Seit dem Händedruck des Beamten und seinem todernsten »Praise de Lawd« kämpfte Monique mit einem fast unbezwinglichen Lachreiz; außerdem kitzelte sie der weiße Tupfenschleier des Federhütchens, das sie sich in letzter Minute in einer Boutique unter den Kolonnaden des *British Colonial Hotels* gekauft hatte.

Max ging es nicht anders, auch ihm fiel es schwer, ein feierliches Gesicht zu machen. Sobald die Tür des Amtszimmers sich hinter ihnen geschlossen hatte, fielen sie sich lachend in die Arme. »Praise de Lawd, Praise de Lawd.«

Auf der Fahrt nach Paradise Island begannen sie immer wieder zu lachen, sie mußten sich nur ansehn. Gaby, die Ehestifterin, saß stolz und zufrieden in ihrem rosa Kleid oben auf dem Bock neben Jackson. Sie rechnete aus, wann es bei ihr soweit sein würde. Jetzt war sie neun, noch mal neun Jahre, und sie war achtzehn. Mit achtzehn heirate ich, nahm sie sich vor. Sie sah sich an der Seite von Prinz Jussuf, auf einer weißen Luxusyacht, umgeben von Dienern in prächtigen, orientalischen Kostümen.

Jackson summte fröhlich vor sich hin; wenn er einen Polizisten sah, knallte er mit der Peitsche und rief laut: »Just married, just married.«

Maja war seit sieben Uhr früh auf dem Flughafen. Beim Warten auf den Flug nach Miami hatte es Momente gegeben, da wünschte sie Jürgen würde plötzlich dastehen, ihre Reisetasche nehmen und sie ohne viel Worte zurückholen auf die *Berlin*. Aber Stunde um Stunde verstrich, kein Jürgen, nichts. Er ließ sie einfach gehen. Sieben Jahre lang hatte sie seine Seitensprünge geschluckt, nun machte sie einmal eine Dummheit, und er ließ sie fallen. Typisch Mann. Im Grunde waren sich die beiden sehr ähnlich, Jürgen und Toni. Sie sahen in der Frau nur ein Lustobjekt, weiter nichts. Maja steigerte sich in diesen Gedanken hinein. Sie haßte die Männer, alle. Männer wußten es immer so zu drehen, daß die Frau die Dumme war.

Und dann ging die große Glastür der Abflughalle auf, und Jürgen spazierte herein. In einer weißen Hose mit hellgelben Bootsschuhen und einem hellblauen Hemd, den Kragen offen, die Ärmel aufgekrempelt. Er blickte sich um, aber er entdeckte Maja nicht, sie saß an der Seite, im Schutze eines Pfeilers. Er ging zum Informationsschalter, die Groundhostess schickte ihn zum Flugsteig eins.

Maja stand auf und nahm ihre Reisetasche. Er hätte früher kommen müssen, dachte sie. Jetzt ist es zu spät. Ich nehme das Flugzeug. Einmal muß ich ihm zeigen, daß ich meinen eigenen Willen habe.

Jetzt hatte er sie gesehen und kam auf sie zu. Ihr Gesicht verschloß sich, ihr Mund, ihre Augen, alles drückte Abwehr aus.

»Maja –«, Jürgen wollte ihr die Reisetasche abnehmen, sie schüttelte den Kopf. »Du hättest nicht herkommen sollen. Ich geh' nicht aufs Schiff zurück.«

»Maja – bitte.«

»Ich muß jetzt zum Zoll. Die Maschine ist aufgerufen.«

»Nur einen Moment. Ich habe deinen Brief gelesen, aber ich verstehe ihn nicht.«

»Du hast mich nie verstanden. Du weißt überhaupt nicht, wer ich bin. Du hast mich immer nur benützt. Benützt und ausgenützt. Sieben Jahre lang hast du mich ausgenützt. Jetzt ist Schluß damit, ich werde mein eigenes Leben leben.« Sie ließ ihn stehen und ging zum Zollschalter.

Jürgen sah ihr nach. Was konnte er noch tun. Es blieb ihm nicht mehr viel Zeit; wenn sie erst durch den Zoll war, konnte er sie nicht mehr zurückholen.

Im Taxi zum Flughafen hatte er sich eingeredet, sie würde ihm in die Arme sinken, wenn er vor ihr stände. Irrtum, er hatte in ihrem Gesicht nur Abwehr gelesen und in den Augen sogar so etwas wie Haß.

Jetzt war sie am Paßschalter, sie kramte in der Handtasche. Plötzlich trat sie aus der Reihe, stellte die Reisetasche zu Boden und begann darin zu wühlen.

Jürgen ging zu ihr: »Was ist los?«

Ihr Gesicht war maskenhaft angespannt. »Mein Paß. Ich habe meinen Paß nicht. Ohne Paß kann ich nicht durch.«

Sie kniete sich auf den Boden und suchte aufgeregt. Als sie aufstand, war sie den Tränen nahe. »Ich kann ihn nicht finden, ich muß ihn verloren haben.«

Jürgen wußte, daß sie ihn nicht finden konnte. »Du hast den Paß nicht verloren. Er ist auf dem Schiff, wir mußten die Pässe abgeben.« Er wußte, er hatte gewonnen. Er räumte Majas Reisetasche wieder ein und zog den Reißverschluß zu. Dann nahm er die Hand seiner Frau. »Komm mit mir.«

Sie blieb störrisch. »Ich gehe nicht aufs Schiff zurück.«

»Du kannst nicht hierbleiben.«

»Ich geh' in ein Hotel.«

»Auch im Hotel wollen sie deinen Paß. Komm schon, jetzt fahren wir erst einmal nach Nassau zurück, dann sehen wir weiter.«

Sie verließen die Abflughalle und stiegen in ein Taxi.

Maja drückte sich schweigend in ihre Ecke und setzte die Sonnenbrille auf. Auch Jürgen schwieg. Das war knapp gewesen. Wenn er nur wüßte, warum sie eigentlich zurückfliegen wollte. Er hatte sie doch nicht rausgeschmissen.

Er rückte näher zu ihr: »Kannst du mir sagen, was das alles soll. Gestern abend sagst du mir, du willst mich verlassen und mit Toni Becker leben, und heute haust du ab und willst nach Deutschland zurück. Das reimt sich nicht.«

»Ich hab' dir den Brief geschrieben.«

»Aus dem Brief wurde ich nicht schlau. Wieso bist du todunglücklich? Du hast deine große Liebe wiedergefunden. Wenn einer von uns unglücklich ist, müßte ich es sein.«

»Es ist alles aus...«, sie kämpfte mit den Tränen. »Ich hab' Schluß gemacht mit ihm. Ich will ihn nie mehr sehen.« Sie begann wieder zu weinen.

»Das geht aber schnell. Gestern war er deine große Liebe, und heute ist es aus.«

»Ich hasse ihn. Ich will ihn nie mehr sehen.«

»Was ist passiert? Was hat er mit dir gemacht?«

Sie verbarg das Gesicht in den Händen und schluchzte. Jürgen legte behutsam den Arm um sie und dachte, eigentlich verrückt, sie rennt mir davon, und jetzt darf ich sie auch noch trösten. Laut sagte er: »Damit du's nur weißt, ich hätte dich nie hergegeben.«

Irene und Mike saßen vor einem kleinen Fischrestaurant in der East Bay Street, ganz in der Nähe der Bogenbrücke, die sich nach Paradise Island hinüberspannte. Sie hatten Muscheln gegessen – was sonst – und sie hatten den Konvoi weißer Limousinen beobachtet, der die Araber nach Paradise Island brachte, zu ihrer Yacht, die bei Hurricane Hole lag.

»Dieses Paradise Island, ist es wirklich ein Paradies?« fragte Irene.

»Ja, alles ist super, der Golfplatz ist super, die Parks, die Hotels, die Strände...«

»Aber?«

»Na ja, die Preise sind auch super. Dollar Island wäre ein guter Name. Schon auf der Brücke knöpfen sie einem eine Einreisegebühr ab. Und so geht das weiter. Money, money, money. Mich zieht es nicht dorthin, ich kenne die Millionäre ein bißchen zu gut. Samt und sonders ein unzufriedenes schizophrenes Pack, vor allem die Frauen. Die Männer gehen noch, aber die Frauen, nein danke.«

»Unser Erster Offizier sagte, auf der *Sea Cloud* sind auch nur Millionäre. Wer hat sie denn im Moment gechartert? Ein Getty? Oder sonst einer, den man kennt?«

»Ein Vanderbilt.«

»Sicher uralt und vertrottelt.«

»Das kann man nicht sagen...«

»Ich sehe Ihnen doch an, daß mit dem was nicht stimmt.« Irene leerte die Geldbörse auf den Tisch. »Für Paradise Island reicht das bestimmt nicht – aber eine Postkarte können wir schon noch kaufen und frankieren.«

Mike kramte sein Geld aus der Hosentasche. Ein paar Münzen kamen zutage und ein Zehndollarschein. Mike fuhr liebevoll über die himmelblaue Banknote mit den Flamingos drauf. »Eigentlich sollte ich den einrahmen. Wer weiß, ob ich jemals wieder eine Zeichnung verkaufe.«

»Heben Sie ihn auf. Das Kleingeld muß reichen. Sie kennen Nassau so gut. Wo gibt es die schönsten Postkarten?«

»Im Kiosk beim Wasserturm.«

»Das klingt nicht sehr romantisch.«

»Um so romantischer ist der Weg dorthin, zumindest die letzten 65 Stufen.«

»65 Stufen bei der Hitze?«

»65 Stufen im Schatten. Unser Weg wird begleitet vom Rauschen eines Wasserfalls.«

»Wenn der Wasserfall Schwindel ist, müssen Sie mich alle 65 Stufen hinauftragen.«

Beim Weg durch die Stadt, die in der Sonne glühte, konnte Irene sich nicht vorstellen, wo da ein Wasserfall sein sollte, aber dann, am Ende einer kleinen Straße hörte sie es rauschen. Noch ein paar Schritte, und sie traten aus dem heißen, grellen Sommertag in die wohltuende Dämmerung und die erquickende Frische einer künstlich angelegten Schlucht. Eine Felsentreppe, Queen's Staircase, führte hinauf zum Wasserturm und zu den Ruinen von Fort Fincastle. Auf der linken Seite der Treppe rauschte der Wasserfall, und alles war umrahmt von mächtigen Palmen und einem Dickicht subtropischer Pflanzen und Schlinggewächse, deren Blütenduft die Luft erfüllte.

Irene blickte sich um: »Ist das echt, oder haben Sie das für mich hergezaubert?«

Mike legte den Arm um sie. »Ich bin ein ausgezeichneter Zauberer, aber bitte verlangen Sie nicht, daß ich die Treppe verschwinden lasse, sie steht schon seit 1793. Kein Hurrikan und kein Erdbeben hat sie zum Wanken gebracht.«

Sie ließen sich Zeit mit dem Aufstieg, und sie ließen sich Zeit beim Auswählen der Postkarten im Kiosk neben dem Wasserturm. Mike kaufte eine Ansicht von Nassau aus der Vogelperspektive, auf der das Hafenbecken und die Schiffe darin deutlich zu erkennen waren. Irene wählte eine romantische Karte: »Queen's Staircase von geheimnisvollen Sonnenstrahlen aufgehellt«.

Sie tranken zusammen eine Coca-Cola und rechneten aus, daß ihnen immer noch genug Geld blieb für zwei Briefmarken und einen gemeinsamen Happy Hour Drink, eine Spezialität von Nassau; zwischen fünf und sechs Uhr bekam man zwei Drinks zum Preis von einem.

Es dämmerte bereits, als sie zum Postamt kamen. Postamt war allerdings wohl nicht die richtige Bezeichnung für diesen Prunkbau. Irene hatte das Gefühl, einen Tempel zu betreten. In der Halle herrschte sakrales Halbdunkel, die Schalter hatten die feierliche Allüre von Reliquienaltären, und die kleinen Schreibtische mit den runden Sesseln schienen wie geschaffen zum Verfassen von Liebesbriefen.

Irene und Mike saßen sich gegenüber, und Irene diktierte Mike ihre Berliner Adresse, sie wollte diese Postkarte von ihm..

»Stopp, stopp, bitte buchstabieren, sonst schreib' ich alles falsch, und die Karte kommt nie in Berlin an!«

Irene buchstabierte, und er schrieb die Adresse. Sie schaute ihm zu und dachte: Als ich heute früh nach Nassau kam, wußte ich nicht, daß es ihn gibt – und jetzt ist er mir vertraut, als hätte ich ihn schon immer gekannt. Und weiter?

Kein weiter. Mike geht zurück auf die *Sea Cloud*, ich gehe zurück auf die *Berlin*, und es ist vorbei. Der Gedanke tat nicht weh. Sie war glücklich, und wenn man glücklich ist, tut nichts weh, auch das Wort ›vorbei‹ nicht.

Die Postkarte, die sie im Kiosk am Wasserturm gekauft hatte, um sie an Mike zu schicken, lag vor ihr. Sollte sie ihn fragen, wo sein Zuhause war? Auch Matrosen hatten doch ein Zuhause. Nein, nicht fragen. Sie schob ihm die Postkarte über den Tisch. »Und jetzt noch die, an die gleiche Adresse in Berlin, aber nicht heute einwerfen.«

Mike sah auf: »Und ich bekomme keine?«

»Das Schicksal der Matrosen. Auf den Postämtern liegen Körbe voller Briefe an Matrosen, leider nicht zustellbar.« Sie lehnte sich zurück, streifte die Schuhe ab und kühlte die Füße auf dem Marmorboden. Die letzten Minuten, dachte sie, und ihr Blick ging zu der Uhr, die inmitten eines blaugoldenen Sternenmosaiks in die Wand eingelassen war. Wer weiß, vielleicht bleibt die Uhr stehen, oder vielleicht träume ich nur alles –. Nein, da klingelte ein Telefon, wenn auch sehr leise, da klapperten Münzen, wenn auch fast unhörbar. Und jetzt kamen Mikes Schritte über den Marmorboden, klick, klack, klick, klack. Die Sternenuhr rückte lautlos einen Minutenstrich vorwärts.

Mike stand vor ihr: »Wie wäre es mit einem Happy Hour Drink?«

»Himmlisch, gesetzt den Fall, wir bekommen ihn hier serviert.«

»In Ordnung.«

»Und das Abendessen auch.«

»Warum nicht...«

»Haben wir überhaupt noch Geld?«

»Für ein Abendessen reicht's nicht.«

»Dann müssen wir eben was verkaufen.« Sie blickte zu der Strohtasche. »Aber was – sollen wir meine Schuhe verkaufen?«

Mike stützte sich mit den Händen auf die Lehne des Sessels, in dem Irene saß, und beugte sich über sie: »Also wenn ich Magnum wäre, würde ich sagen, Baby zieh die Schuhe an, wir gehn heiraten.«

»Alles der Reihe nach. Zuerst brauche ich ein Abendessen.«

»Ich habe eine Idee, wir gehn auf die *Sea Cloud*, da gibt's das Abendessen umsonst.«

»Sie können einfach ein Mädchen mitbringen?«

»Klar. Ich steh' gut mit dem Koch.«

»Sie kriegen keinen Ärger, ich meine, mit dem Vanderbilt, mit dem Kerl, der's gechartert hat.«

»Der Vanderbilt ist o. k., und Käptn Hinrichs ist ebenfalls o. k.«

»Sie wollen mich wirklich mitnehmen?«

»Sie brauchen nur die Schuhe anzuziehen, und wir können gehen.«

»Warten Sie, es ist so schön hier...«, sie legte die Hände um seinen Hals, »ich glaub', ich war noch nie so glücklich.« Sie zog ihn sanft zu sich. »Komm, küß mich.«

Mit gedrosseltem Motor glitt der Boston Whaler auf die *Sea Cloud* zu. Mike schwieg. Irene saß mit angehaltenem Atem neben ihm. Von dem kleinen Boot aus, schien die *Sea Cloud* riesig. Mike steuerte nach links, und sie fuhren unter dem Bugsprit durch, der zehn Meter über ihren

Köpfen in den blauvioletten Abendhimmel ragte. Am Ende des weit ausladenden Klipperstevens schwebte ein goldener Adler.

Sie kurvten unter dem Bug durch und liefen die Backbordseite an, wo sich die Seitengangway befand.

Zwei Matrosen der Deckswache, die das Boot kommen sahen, standen bereit. Sie öffneten die Reling und ließen die Treppe hinunter. Mike und Irene stiegen an Bord. »Hallo, Jungs.« Mit einem Blick gab Mike ihnen zu verstehen, sie sollten sich zurückziehen. Er legte die Strohtasche auf eine Decksbank. Irene fühlte sich ganz benommen. »Alles ist viel, viel größer, als ich dachte.« Ihr Blick ging über die Deckshäuser aus lackiertem Teakholz und dann in die Höhe. »Diese Masten, mir wird schon beim Raufschauen schwindlig.«

Mike legte den Arm um ihre Schultern. »Schwindlig wird's einem erst, wenn man oben ist.« Irene spürte das Metallband von Mikes Uhr an der Schulter, ein kleiner Schmerz, der ihr die körperliche Nähe des Mannes bewußt machte. »Mir wird schon unten schwindlig«, murmelte sie und starrte den Mast empor, »alles beginnt sich zu drehen.« Sie erwartete, daß er sie auslachte, doch er nahm sie ernst.

»Tief durchatmen und den Horizont suchen.«

Irene befolgte seinen Rat, und er fragte: »Besser?« Als sie nickte, nahm er ihren Arm und spazierte mit ihr über das Deck.

Längs der Deckshäuser, die zum Teil zweistöckig waren, liefen die Seitendecks, drei Meter breit und von festen Sonnensegeln überdacht. Die Reling hatte ein hüfthohes Schanzkleid, an dem links und rechts die Wanten und Taue angeordnet waren. »Diese Schnüre...«, Irene stockte, »oder wie sagt man dazu?«

Mike nahm eins der dicken Taubündel und gab es Irene in die Hand. »Schönes Gewicht, was? Damit werden die Segel bedient, das sind die Falle und die Brassen.« Mike hing das Bündel zurück an den Belegnagel. Dann umfaßte er eines der dicken Stahlseile: »Und die da nennt man Wanten. Die halten die Masten.«

Wieder ging Irenes Blick in die Höhe. »Es ist riesig. Vom Land aus sah es nicht so riesig aus. Wie lang ist die *Sea Cloud* eigentlich ?«

»350 Fuß.«

»Bitte in Metern.«

»107 Meter und sie hat 3000 Quadratmeter Segel. Gebaut 1921 auf der Howaldt-Werft in Kiel. Noch etwas?«

»Und die Masten, wie hoch sind die?«

»48 Meter ist der Großmast.« Mike blieb an den Wanten stehen. »Da geht's rauf.«

»Ich glaube ich bleibe lieber unten.« Sie lächelten sich an, und Mike legte wieder den Arm um Irene. Da war wieder der Druck von seiner Uhr, wieder der kleine Schmerz. Sie lehnte sich fester an Mike, und der Druck der Uhr wurde schwächer, sie löste sich etwas, und der Druck wurde wieder zum Schmerz.

Sie kamen zu einem Deckshaus mit großen Bogenfenstern, aus denen sanftes Licht fiel. »Da drinnen ist ja ein Speisesaal«, rief Irene überrascht. »Seid ihr ein Hotel?«

»Na ja, manchmal ist schon was los hier«, antwortete Mike ausweichend. »Komm, ich zeige dir das Steuerhaus, das ist interessanter.«

Das Steuerhaus befand sich auf dem zweiten Oberdeck, unmittelbar vor dem Fockmast. Als sie den Raum betraten, fühlte Irene sich in die Welt von Captain Hornblower zurückversetzt, dessen Abenteuer sie als Halbwüchsige verschlungen hatte. Das alte Steuerrad, die großen Kompasse aus Messing und links und rechts davon die zwei Kompensierkugeln, die etwas Geheimnisvolles, fast Magisches ausstrahlten. Die moderne Navigations-Elektronik gab es natürlich auch, aber sie war quasi unsichtbar.

Durch die großen Fenster konnten sie das ganze Vorschiff überblicken.

Mikes Augen leuchteten. »Ist das nicht schön, der Blick auf den Bug. Du müßtest hier mal stehen, wenn wir unter Segel sind, und das Schiff über die Wellen geht. Bei schwerem Wetter kommt das Wasser übers ganze Vordeck. Es ist atemberaubend. Oder bei schönem Wetter, da vorne am Bugsprit im Netz liegen, hoch über dem Wasser, dich wiegen lassen, träumen oder den Delphinen zusehen... Gestern von Fort Lauderdale nach Nassau hat uns ein ganzes Rudel begleitet. Wenn du pfeifst oder singst, legen sie sich auf die Seite und hören dir zu...« Einen Moment schwieg er, und sagte dann in einem Ton, als spräche er mit sich selber: »Auf einem Schiff, da ist das Leben...«

»Du bist zu beneiden, die meisten Menschen verbringen die meiste Zeit an Orten, wo das Leben nicht ist.« Sie dachte an das enge Dekorationsatelier unter dem Dach des KaDeWe. Mike sah sie an: »Woran denkst du?«

»Ich glaube, ich verstehe, daß die *Sea Cloud* deine große Liebe ist«, und nach einer kleinen Pause fragte sie: »Ist sie deine einzige große Liebe?« Ohne ihn anzusehen, wußte sie, daß in seine Augen jener nachdenkliche Ausdruck kam, den sie so liebte. »Sie ist meine ganz große Liebe –«, sie fühlte, wie er einatmete, und dann fuhr er fort, »aber seit heute hat sie eine Rivalin.«

Irene suchte seine Augen. »Seit heute?«

Mike zog sie an sich. »Ja, seit heute.« Seine Augen kamen näher, sie sah das zarte Muster der Iris, innen war sie graublau, am Rand wurde sie fast schwarz. Wie meine eigenen Augen, dachte sie, während sie ihn küßte. Seine Lippen waren sehr weich, sehr zärtlich, und sie schmeckten nach Sonne und Meer.

Plötzlich gingen die Deckslichter an. Aus den Lautsprechern kam Glenn-Miller-Tanzmusik.

»Was ist los?« Irene sah Mike erschrocken an. »Was hat das zu bedeuten? Ist Vanderbilt da?« Ihr Fluchtinstinkt erwachte. »Komm, laß uns verschwinden.«

Ein Steward hatte das Steuerhaus betreten, ein hübscher

Italo-Amerikaner mit pomadisiertem, nackenlangem Haar. »Guten Abend, Sir, guten Abend, Madam. Wann möchten Sie das Dinner?« Er überreichte Mike die gedruckte Menükarte. »Das sind die Vorschläge des Küchenchefs. Aber vielleicht haben Sie noch spezielle Wünsche, Mister Vanderbilt.«

Irene hörte die Stimme des Stewards, sie hörte die Worte, die er sagte, aber den Sinn begriff sie nicht. Er sagte Sir, er sagte Mister Vanderbilt.

Mikes Arm hielt sie fest, fester als vorher, schien ihr. Mike nahm die Menükarte nicht, die der Steward ihm hinhielt. Er sagte: »Das wird schon recht sein, Ettore. Sagen Sie dem Küchenchef, wir lassen uns überraschen – und was ihn am meisten freuen wird – wir haben einen Riesenhunger.«

»Und der Wein, Mister Vanderbilt?«

»Den Wein wählen Sie, Ettore.«

Der Steward lächelte geschmeichelt und deutete eine Verbeugung an.

»Dann würde ich vorschlagen, zum Aperitif ein Glas Veuve Cliquot.«

»Gerne.«

»Und wann soll serviert werden, Mister Vanderbilt?«

»So bald wie möglich.«

»Danke, Mister Vanderbilt.«

Ettore verbeugte sich, ein Blick zu Irene, die Andeutung eines Lächelns zu Mike, dann zog er sich zurück.

Das Gespräch zwischen dem Steward und Mike hatte Irene Zeit gegeben zu begreifen. Eine Komödie. Das Ganze war eine Komödie, mit allem, was dazugehörte, zufällige Bekanntschaft, das Erwachen der Gefühle, das alte Katz-und-Maus-Spiel zwischen einem raffinierten Mann und einer einfältigen Frau, und zuletzt die überraschende Auflösung. Fehlte nur noch eins, der Applaus.

Irene löste sich aus Mikes Arm. Sie trat einen Schritt weg von ihm und begann zu klatschen. »Applaus, Applaus,

Mister Vanderbilt. Sie sind ein begabter Komödiant. Diese Matrosenrolle, wirklich hinreißend. Der Millionär Vanderbilt weiß, was beim weiblichen Publikum ankommt, der Naturbursche, der Seemann...« Sie sprach leise, fast flüsternd und klatschte immer weiter, so daß manche der Worte in dem Geräusch fast untergingen.

Mike machte einen Schritt auf sie zu und hielt ihre Hände fest. »Irene –«

Das Klatschen hörte auf, aber sie fuhr fort zu sprechen. »Der Millionär Vanderbilt wollte mal aussteigen aus dem goldenen Käfig. Ein Tag als Matrose, ein Flirt mit einer kleinen, dummen Touristin.«

»Irene, bitte –«

Aber Irene war nicht zu bremsen. »Und die kleine dumme Touristin geht ihm auf den Leim.« Sie befreite ihre Hände und fing wieder an zu klatschen. »Applaus, Applaus für den großen Komödianten, den Beglücker der kleinen, dummen Touristinnen, die alle von einem hübschen Matrosen träumen.« Sie verstummte, hörte auf zu klatschen und ließ die Arme sinken. Einen Moment standen sie schweigend voreinander, dann sagte Irene: »Du mußt dich sehr langweilen auf deiner *Sea Cloud*, wenn du solche Spielchen brauchst, um dir die Zeit zu vertreiben.«

Mike senkte den Kopf: »Darf ich auch mal was sagen...«

»Nein«, fiel sie ihm ins Wort. »Nein, ich will nichts hören. Ich will nur eines, weg hier. Bitte laß mich an Land bringen.«

»Nicht, bevor du mich angehört hast.«

»Du brauchst mir gar nichts zu erklären. Ich will keine neuen Geschichten mehr hören. Ich will an Land, ich will weg hier, bitte.«

Mike ließ ein Schweigen eintreten. Er wandte sich ab, blickte aus dem Fenster über das Vorschiff und so, ohne Irene anzuschauen, sagte er: »Ich hab' dir keine Geschichten erzählt, ich hab' nicht behauptet, ich sei Matrose auf der *Sea Cloud.*«

»Aber du trägst doch das Hemd.«

Er wandte sich um und schaute ihr ins Gesicht: »Gib mir Antwort auf meine Frage: Habe ich je behauptet, ich sei Matrose auf der *Sea Cloud*?«

»Was soll dann das Hemd?«

»Mein Gott, warum soll ich das Hemd nicht tragen, es gefällt mir. Ich bin kein Mützensegler, oder soll ich mit einem Vanderbilt-Hemd herumlaufen?«

Irene starrte an ihm vorbei auf die Kompensierkugel neben dem Messinggehäuse des Kompasses. Die dunkle spiegelnde Oberfläche reflektierte verkleinert und verzerrt den Raum. Schemenhaft erkannte Irene auch sich selbst darin, eine Zwergin. Als sie sprach, klang ihre Stimme müde. »Ich bin wirklich eine dumme, kleine Touristin.«

Mike hatte den Wunsch, sie in die Arme zu nehmen, aber er blieb reglos an seinem Platz. »Schau, das Ganze war ein Mißverständnis.«

»Eben. Und deshalb möchte ich jetzt gehen, zurück an Land, wo ich hingehöre.«

Mike holte tief Luft. Er verstand sie, und er verstand sie auch nicht. Ihr Ausbruch, gleichzeitig leise und heftig, hatte ihm eine Seite ihres Wesens offenbart, die ihm bisher verborgen geblieben war. Sie war offensichtlich eine leidenschaftliche Frau. Das faszinierte ihn, aber es machte ihm auch angst. Wenn er sie jetzt gehen ließ, konnte es sein, daß er sie nie mehr sah.

»Schau's mal anders an«, begann er zögernd. »Ohne das Mißverständnis hätten wir uns wahrscheinlich nicht kennengelernt.« Er stockte, suchte nach Worten: »Für mich ist es eine Fügung des Schicksals. Ich habe schon viel auf Kaimauern gehockt und die *Sea Cloud* gezeichnet, aber der Trick mit dem Hemd hat heute zum ersten Mal funktioniert.« Ein Seitenblick zu Irene, und er wußte, seine letzten Worte hatten sie erreicht. Ihre Haltung, ihre Züge schienen sich zu entspannen. Ohne Übergang fragte er:

»Möchtest du auch ein Hemd? Komm, sag ja.«

Mike hatte gut beobachtet, Irene war eigentlich schon besänftigt, aber noch wehrte sie sich, es einzugestehen. »Wenigstens gibst du zu, daß es ein Trick ist mit dem Hemd.«

Draußen näherten sich Schritte, es klopfte an der Tür, Ettore brachte den Champagner.

Mike legte die Schultern zurück und lockerte sich. »Sie kommen im richtigen Moment, Ettore, das können wir brauchen.« Während der Steward die Flasche entkorkte, nahm Mike Irene beiseite. »Wieder alles gut?« Sie blieb stumm, fand noch kein Lächeln.

Ettore hatte die Gläser gefüllt, – langstielige Kelche aus geschliffenem Kristall – und präsentierte sie auf einem Silbertablett.

Mike hob sein Glas und sah Irene an: »Auf unsere erste Versöhnung.« Er wartete auf ihre Reaktion. Einen Moment war es sehr still im Steuerhaus. Irene glaubte, das leise Zerplatzen der Champagnerbläschen am Rand der Kelche zu hören. Sie sah, wie ihr Glas sich dem von Mike näherte, dann berührten sie sich, und ein heller klarer Ton schwebte im Raum.

Es ging auf Mitternacht, die Deckslichter waren gelöscht, nur Mondschein und Schatten erfüllten das Deck. Der Abend war zu schön, um in einem der Salons im Innern der *Sea Cloud* zu sitzen, Mike und Irene hatten Ettore gebeten, draußen, unter den Sonnensegeln, einen gemütlichen Tisch für sie zu decken. Reste der Nachspeise standen noch auf dem Tisch, Mokkatassen, Konfekt, Früchte. Im Eiskübel lag die zweite Flasche Veuve Cliquot.

Sie tanzten. Aus der versteckt eingebauten Stereoanlage kam Musik; zum drittenmal an diesem Abend ließen sie den Titelsong aus dem Film *Arthur* spielen.

Irene legte den Kopf auf Mikes Schulter. Er trug nicht mehr das Matrosenhemd. Vor dem Essen hatte er sich umgezogen und war in dunklen Hosen und einem weißen Dinnerjackett wieder erschienen. Für Irene hatte er eine Jacke aus feinem Jersey mitgebracht, ein langes, weites Ding von einer seltsamen, schlabbrigen Eleganz. »Familienstück«, hatte Mike es genannt und ihr die Geschichte der Jacke erzählt. »Sie stammt aus der ersten Kollektion von Coco Chanel, 1919 in Deauville entworfen und hergestellt. Der Jersey stammt aus Militärbeständen, ungefärbte Baumwolle, für Unterwäsche bestimmt. Der Fabrikant wollte ihr das Zeug nicht verkaufen, er hielt sie für verrückt. Aber die Jacken wurden der Schlager der Saison, die Schickeria von Deauville, weiblich und männlich, trug diese Dinger. Meine Großmutter, die nach dem Krieg endlich wieder in ihr geliebtes Deauville konnte, kaufte sich natürlich auch eine.«

Irene behielt jedes seiner Worte. Sie war wie ein Schwamm, der alles aufsog, Bilder, Worte, Gesten, Düfte, Geräusche. Sie hatte die verrückte Empfindung, mehr Sinnesorgane zu besitzen als sonst, Sinnesorgane, die so präzise registrierten und speicherten, daß nichts verlorenging. Nie zuvor hatte sie sich so lebendig gefühlt. Sie legte die Hand um Mikes Hals. »Ich möchte immer so weitertanzen. Ich möchte, daß dieses Lied niemals aufhört.«

»Es liegt nur an uns«, er küßte sie leicht und wiederholte, »es liegt nur an uns.«

Somewhere between the Moon and New York City. Die Stimme von Christopher Cross klang über das nächtliche Deck, und sie tanzten weiter, bis es still wurde.

»Noch mal die gleiche Musik?« fragte Mike. Irene schüttelte den Kopf und zog ihn zur Reling. Die *Berlin* lag hell erleuchtet im Hafen, am Himmel funkelten die Sterne. Irgendwo zwischen dem Mond und New York, ja, genauso fühlte sie sich, weit weg von allem und ganz nahe bei etwas, für das sie keinen Namen hatte. Oder war sie nur zu ängstlich, den Namen auszusprechen, das Zauberwort? Über das Deck kamen die Schritte von Ettore. »Darf ich abräumen, Mister Vanderbilt?«

»Ja.«

Ettore klapperte mit dem Geschirr; es dauerte eine Weile, bis er alles auf sein Tablett geladen hatte. Bevor er ging, fragte er: »Wo soll ich den Nightcup servieren, Mister Vanderbilt, hier auf Deck oder unten?«

»Ich denke unten«, erwiderte Mike. Er nahm Irenes Arm. »Komm, ich werde dir das Innenleben der *Sea Cloud* zeigen.«

Über eine schmale Treppe ging es hinunter, in einen Korridor. Am Ende des Ganges öffnete Mike eine Tür und führte Irene in eine feudale Suite, mit Vorraum, Salon, Schlafzimmer und Bad. Nichts erinnerte hier daran, daß man sich auf einem Schiff befand. Über die Wände zogen sich elfenbeinfarbene Boiserien mit reichen goldenen Verzierungen, von den Decken hingen Kristalleuchter, am Boden lag ein lichtgrauer Spannteppich. Die Möbel waren im Stil des Louis XVI; über dem Doppelbett schwebte ein lachsroter Baldachin aus Taft.

Irene blieb überwältigt stehn. »Das gibt's nicht, das ist ja wie in Versailles.«

»Als Barbara Hutton das Schiff bauen ließ, hatte sie gerade eine frankophile Phase. Hätte sie es später gebaut, wäre es vielleicht orientalisch ausgefallen.«

»Hat sie hier gewohnt?«

»Ja, das war ihre Suite. Gefällt sie dir?«

»Bei uns in Berlin sagt man da nur noch eines: Ach du grüne Neune.«

»Wie war das?«

»Ach du grüne Neune.«

»Grüne Neune?« wiederholte er etwas ratlos.

Irene war mit dem Staunen immer noch nicht fertig. Sie ging durch den Raum, roch an den Blumen, warf einen Blick in den Spiegel über dem Kamin. Sie ließ sich in ein zweisitziges Sofa aus gelber Seide sinken und sah plötzlich neben einem Schreibtisch die Strohtasche stehen. Auch der

Strohhut war da, auch ihre Handtasche. Als nächstes entdeckte sie einen fahrbaren Bartisch mit allem was dazugehört: Eiskübel, verschiedene Flaschen, Gläser, Gebäck, Pralinen, Konfekt und Weintrauben.

Schweigend beobachtete sie Mike, der jetzt zu dem Bartisch ging. Es war nicht das Matrosenhemd, dachte sie. Egal, wie er mir begegnet wäre, ob als Tankwart oder Zeitungsverkäufer, ich hätte ihn nicht übersehen.

»Was möchtest du?« fragte er. »Ich kann dir Chivas Regal anbieten, Drambui, Framboise, etwas Karibisches, das sich Goombay Smash nennt. Wir könnten aber auch weiter beim Champagner bleiben, was meinst du?«

»Champagner«, sagte Irene einsilbig. Sie stand auf, ging zu ihm und sah ihm zu, wie er die Gläser füllte. Beim Essen, als er ihr Glas nachgefüllt hatte, dachte sie noch, das ist das erste Mal. Später hatte sie nicht mehr mitgezählt.

Er gab ihr Champagner. Ihr Herz ging plötzlich schnell. Sie hob das Glas, sah ihn an und sagte fest: »Auf unseren ersten Abschied.« Mike, der mit ihr anstoßen wollte, verharrte in der Bewegung.

»Hast du Abschied gesagt?«

»Ja, wir trinken dieses Glas noch zusammen, und dann gehe ich. Mike, bitte sag jetzt nichts. Es war ein wunderschöner Tag mit dem Matrosen, und es war ein unvergeßlicher Abend mit dem Mister Vanderbilt. Eben hab' ich dir zugeschaut, wie du mein Glas eingeschenkt hast, und ich dachte mir, es war nicht nur das Hemd der *Sea Cloud*, auch wenn er Zeitungsverkäufer wäre, hätte ich ihn nicht übersehen.« Sie hob die Hand. »Ich bin noch nicht zu Ende...« Sie nahm einen Schluck und sammelte ihren Mut. »Jetzt käme unsere erste Nacht – und ich weiß, wir wären sehr glücklich miteinander – ich kann dir nicht erklären, warum, aber ich möchte nicht, daß wir jetzt miteinander schlafen. Vielleicht verstehst du mich, vielleicht auch nicht, ich bin nicht einmal sicher, ob ich mich selber verstehe, aber ich kenne mich schon eine Weile, und ich weiß, ich bin keine Frau für ein Abenteuer.«

Sie stellte das Glas weg und nahm auch Mike das Glas aus der Hand. »Bevor ich gehe – küß mich noch einmal.«

Auf der *Berlin* traf man die ersten Vorbereitungen zum Auslaufen. Die Mechaniker hatten die Reparaturen im Maschinenraum beendet – es war schneller gegangen, als Kapitän Krüger befürchtet hatte – und verließen nun das Schiff. Im Licht greller Scheinwerfer luden sie die ausgebauten Maschinenteile in den Materialwagen, der am Pier stand.

Kapitän Krüger war in Hochstimmung. Die *Berlin* war wieder flott, und er freute sich auf die Nachtfahrt mit Kurs zu den Westindischen Inseln.

»Sind alle Passagiere zurück?« fragte er Stanek, der bei ihm auf der Brücke war.

»Ich glaube.«

»Glauben heißt nicht wissen. Stanek, was ist los mit Ihnen? So kenne ich Sie gar nicht.«

»Das heiße Klima.«

»Ich vermute eher, Sie haben zuviel Pinacolada erwischt.«

»Das auch.«

»Was Sie nur an dem scheußlichen, süßen Zeug finden.« Er sah Stanek von der Seite an. »Oder ist es die Barmaid?«

Stanek grinste wie ein Junge. »Sie ist die kleinste Frau, die ich kenne, und alles ist rund an ihr, und wenn sie eine Pinacolada mixt, wackelt alles an ihr. Sie ist eine schokoladenbraune Götterspeise.«

»Sie haben die ganze Nacht, um an Ihre Götterspeise zu denken, Stanek, aber vorher möchte ich wissen, ob alle Passagiere an Bord sind, handgezählt, von Ihnen persönlich. Es reicht mir, daß wir einen Steward verloren haben und daß Sylvie, unsere Friseuse, mit den Arabern abgezogen ist. Ehrlich gesagt, ich habe mich gewundert, daß Sie Ihre Einwilligung gegeben haben.«

»Sylvie wäre auch ohne meine Einwilligung gegangen. Bei den Arabern bekommt sie das doppelte Gehalt, ganz zu schweigen von den Geschenken. Sie hat sich auf der ganzen Linie verbessert. Da war nichts zu machen. Gekündigt hatte sie ja schon vor dem Angebot des Scheichs aus Wut über unseren Ersten Offizier. Liebschaften unterm Personal sind Dynamit.«

Kapitän Krüger pflichtete Stanek bei. »Sie haben recht, aber leider nicht abzuschaffen. Und jetzt kümmern Sie sich bitte um unsere Passagiere, Nassau ist so ein Hafen, wenn man da nicht aufpaßt, gehen sie verloren. Sie erinnern sich, was wir das letztemal für Zores hatten. Also handgezählt...«

Am Counter sagte man Stanek, alle wären an Bord – bis auf Irene Krüger.

»Vielleicht ist sie in der Kabine und schläft.«

»Sie ist nicht in der Kabine. Ihre Freundin, mit der sie die Kabine teilt, war auch schon bei uns und hat nach ihr gefragt.«

»Und wo ist die Freundin jetzt?«

»Irgendwo auf dem Schiff, sie wollte sie suchen.«

Petra war überall gewesen, im Kino, in der Bibliothek, in beiden Bars, in der Sauna, von Irene keine Spur. Als Petra wieder an Deck kam, lief ihr Stefan über den Weg. »Hast du Irene gesehen?« fragte sie ihn.

»Zuletzt heute früh. Ist sie nicht an Bord?«

»Würde ich sie sonst suchen?«

»Wo wollte sie denn hin?«

»Sie war mit den zwei Modefritzen verabredet, im British Colonial zum Mittagessen, aber sie ist nicht erschienen. Irgendwie kommt mir das komisch vor, Irene macht so was nicht. Wenn ihr bloß nichts passiert ist. In so einem Hafen gibt's jede Menge schräger Typen.«

»Und du bist sicher, daß sie nicht doch an Bord ist? So ein Schiff ist groß...«

»Ich war sogar in der Sauna. Was passiert, wenn sie nicht

kommt, fahren wir dann trotzdem ab?«

Stefan dachte nach. »Bis wir ablegen, vergehen noch zwei Stunden. Ich könnte sie ausrufen lassen. Vielleicht ist sie bei Tutti von Falkenhayn in der Kabine und lernt, wie man Patience legt, oder Gasparis liest ihr aus Nietzsches Zarathustra vor.«

»Ich habe Tutti nach ihr gefragt, ich habe Gasparis gefragt, sie ist nicht an Bord.«

»Dann bleibt nur noch eins, die Araber haben sie auf die *Selim* verschleppt. Blonde Frauen waren schon immer Mangelware in den Harems.«

»Spinner. Du trauerst wohl der blonden Sylvie nach. Wo liegt eigentlich die *Selim*?«

»Bei Hurricane Hole. Komm, ich zeig sie dir, sie ist illuminiert.« Die beiden gingen nach vorne. Als sie auf dem Aussichtsdeck waren, gab die *Berlin* ihr erstes Abfahrtssignal. Der dunkle Ruf der Sirene hallte drohend und schwer durch den Hafen.

Stefan hatte Petra zuviel versprochen. Er konnte ihr die *Selim* nicht zeigen. Ein illuminiertes Kreuzfahrtschiff versperrte die Sicht. Kleine Barkassen, nur durch ihre Positionslampen erkenntlich, tauchten zwischen den ankernden Yachten auf und verschwanden wieder. Von den meisten Schiffen ertönte Musik. Die Nacht war lau, und niemand dachte ans Schlafen.

Stefan beugte sich über die Reling; er hatte einen weißen Boston Whaler entdeckt. Täuschte er sich, oder hielt das Boot tatsächlich auf die *Berlin* zu?

»Ich glaube da will ein Boot zu uns.«

»Wo?« fragte Petra.

»Dort, der kleine weiße Boston Whaler. Die Frau könnte Irene sein.«

»Du hast recht, das weiße Kleid, das helle Haar.«

»Ich werd' verrückt, das ist das Beiboot der *Sea Cloud*. Einwandfrei. Siehst du die Schrift, die wollen zu uns.«

Petra begann vor Erleichterung zu lachen. »Mich laust

der Affe, das ist Irene.«

Stefan gab Petra einen Kuß.

»Du hast dir umsonst Sorgen gemacht.«

»Aber wie kommt Irene auf die *Sea Cloud*?«

Stefan schmunzelte. »Ich sag's ja immer, die stillen Wasser...«

Auf See

Himmel und Erde waren ein einziger graugoldener Dunst. Der Wind schlief, das Wasser schlief, und auch die Sonne schlief noch. Die *Berlin* lief mit 17 Knoten und hielt Kurs auf die Westindischen Inseln.

Kapitän Krüger und Stefan standen auf der Brücke vor dem Kartentisch. Ein Steward brachte zwei Tassen Cappuccino und verschwand wieder. Auf dem Tablett lag die frisch ausgedruckte Speisekarte für das Mittagessen. Kapitän Krüger nahm sie gedankenlos zur Hand und brummte: »Und da soll man fasten. Manchmal habe ich das Gefühl, bei mir genügt das Lesen der Speisekarte, und ich nehme zu.«

Es war ein Freundschaftsbeweis, wenn Kapitän Krüger mit einem seiner Offiziere über seine Gewichtsprobleme sprach; auf unsensible Bemerkungen bei diesem Thema reagierte er mimosenhaft. Stefan gehörte zu denen, die immer den richtigen Ton fanden.

»Sie übertreiben es«, meinte er leichthin. »Optisch würde ich sagen, Sie haben Idealgewicht.«

»Die Uniform täuscht, aber Dorothy läßt sich nicht täuschen. Als ich sie heiratete, habe ich ihr versprechen müssen, daß ich nie mehr wiege als achtzig Kilo. Eigentlich ein sehr vernünftiger Ehevertrag...«

»Und Ihre Dorothy prüft nach?«

»In Dorothys Bad steht eine Arztwaage, gnadenlos genau, nicht mal zweihundert Gramm kann man mogeln.«

»Und der Ehevertrag gilt auch für Ihre Frau?«

»Selbstverständlich, aber bei ihr ist es l'art pour l'art. Seit ich sie kenne, wiegt sie fünfzig Kilo, kein Gramm mehr, keines weniger. Keine Ahnung, wie sie das macht. Sagen Sie mal, haben wir eine Detailkarte von English Harbour?«

Stefan trank seinen Kaffee aus und stellte die Tasse auf das Tablett zurück. »English Harbour? Ich denke, unser nächster Hafen ist St. John's?«

»Richtig, aber ich habe beschlossen, unsere Passagiere für den entgangenen Besuch der Bermudas zu entschädigen. Wir gehen nach English Harbour. Es ist ein paradiesisches Fleckchen Erde, dazu die alte englische Garnison, die es mit der römischen Tempelanlage aufnehmen kann. So ist das, früher bauten sie Pulvermagazine, die wie Paläste aussahen, und wenn sie heute eine Kirche hinstellen, denkt man, es ist ein Futtersilo.«

Stefan breitete vor Kapitän Krüger die Karte aus. »Die Einfahrt ist ein Nadelöhr.«

»Hauptsache, wir haben genug Tiefgang.«

»Das haben wir.«

»Und wie kommen die Passagiere an Land?«

»Mit der Barkasse. Mit acht Fahrten haben wir alle dreihundert Passagiere an Land.«

Eine Weile herrschte Schweigen. Dann fragte Stefan: »Sie haben noch nicht erzählt, wie es auf der *Selim* war.«

»Na ja«, Kapitän Krüger räusperte sich, »so ein Schiff kann sich heute nur ein Araber leisten. Gigantisch, luxuriös. Und ein handwerkliches Können steckt da drin. Die Italiener sind auf diesem Gebiet einsame Klasse. Jeder Beschlag ist ein kleines Meisterstück. Die Gesellschaftsräume haben Wände aus schwarzem Wildleder und türkisgrünem Schleiflack, die Bäder sind aus blauem brasilianischen Marmor und so fort. Aber der Gipfel ist der Maschinenraum, ich sage Ihnen, von rechts wegen müßte man dort mit weißen Handschuhen arbeiten, eine Kapelle, fehlt nur die Orgelmusik, Sie verstehen? Na ja, vielleicht nehm' ich Sie mit, wenn ich dort Kapitän werde. Dann tragen wir auch im Dienst nur noch seidene Hemden.«

Stefan wechselte mit Kapitän Krüger einen Männerblick. »Also doch kein beschauliches Leben am häuslichen Herd?«

»Wissen Sie, meine Ehe hat bisher prima funktioniert, weil ich immer nur auf Besuch da war. Vielleicht sollte man diesem Prinzip treu bleiben. Ich habe so den Verdacht, meine Dorothy bekäme mich über, wenn ich 365 Tage im Jahr zu Hause herumhinge.«

Es klopfte, und ein Steward steckte den Kopf herein. »Käptn, haben Sie einen Moment Zeit, jemand möchte Sie sprechen.«

Draußen stand Dodo. Sie wirkte fahl, trotz der gebräunten Haut. Unter den Augen hatte sie dunkle Ringe. »Es tut mir leid, wenn ich Sie störe, aber ich weiß mir nicht mehr zu helfen...«

Kapitän Krüger ahnte, worum es ging. Er führte Dodo in seine kleine Wohnung, nur ein paar Schritte von der Brücke entfernt.

»Darf ich rauchen?« fragte Dodo, nachdem er ihr Platz angeboten hatte. Er gab ihr Feuer und wartete, daß sie sprechen würde. Sie schlug die Beine übereinander. Jede ihrer Bewegungen drückte Nervosität aus. »Ich weiß, daß Sie nicht direkt damit zu tun haben, aber Sie sind meine letzte Hoffnung. Niemand kann mir Auskunft über meinen Freund Saki geben. Ich war beim Chefsteward, beim Zahlmeister, niemand kann mir etwas sagen. Aber ein Mensch löst sich doch nicht einfach in Luft auf.«

»Ich habe, wie Sie ja wissen, veranlaßt, daß man das Schiff gründlich durchsucht. Wir haben das Unterste zuoberst gekehrt. Der Mann ist unauffindbar. Auf einem Schiff heißt das mit fast hundertprozentiger Sicherheit, der Mann ist über Bord gegangen. Nach den Aussagen der anderen Stewards ist er seit der Sturmnacht verschwunden, ist das richtig?«

»Ja – es war der Abend, als die Araber die Party gaben. Saki hatte bis 5 Uhr Dienst. Ich machte in der Bar gegen zwei Uhr Schluß. Ich dachte, ich finde ihn bei mir...«

»Haben Sie einen Verdacht? Ich meine, neigte er zu Streit? Soviel ich weiß, war er Marokkaner, das sind heißblütige Menschen – oder war vielleicht Eifersucht im Spiel?«

»Saki war ein friedlicher Typ. Wir haben uns prima verstanden. Er hatte keinen Grund zur Eifersucht. Wir wollten zusammen bleiben. Wir hatten Pläne für die Zukunft, eine Piano-Bar in Nassau, das war unser Ziel.«

»Tut mir leid für Sie…«, murmelte Kapitän Krüger, »ich kann Ihnen Ihren Freund leider nicht zurückgeben.«

»Und was geschieht nun?«

»Ich muß einen Rapport machen… Da fällt mir ein, irgend jemand vom Personal hat ausgesagt, Saki sei am Kokain drangewesen.«

»Ja, das stimmt.« Sie gab es nur widerwillig zu. Was hatte sie nicht alles versucht, um ihn davon wegzubringen.

»Dann hätten wir eigentlich die Erklärung«, hörte sie Kapitän Krüger sagen, »das Kokain. Er war im Kokainrausch, er realisierte den Sturm nicht mehr, er ging nach draußen, um Luft zu schnappen, und eine Böe riß ihn über Bord. So ähnlich muß es passiert sein. Vielleicht klingt es brutal, aber ich glaube, es ist besser, Sie machen sich keine Hoffnung mehr.«

Dodo drückte die Zigarette aus und erhob sich. Sie dankte Kapitän Krüger einsilbig und ging steif hinaus. Das Kokain war schuld, dachte sie, und versuchte ihr Gewissen damit zu beruhigen. Bis jetzt hatte sie gedacht, daß Saki den Geldkoffer des Scheichs stehlen wollte, überrascht wurde, aufs Deck hinaus flüchtete, und der Sturm ihn über Bord schleuderte. Bei dieser Version traf Dodo die Schuld. Sie hatte ihn mit der Piano-Bar unter Druck gesetzt. Sie hatte die Idee mit dem Geldkoffer ausgebrütet.

Gestern hatte sie die Kaution für die Bar eingezahlt und den Pachtvertrag unterschrieben. Der halbe Eiskübel voller Chips von Prinz Shaktoum hatte ihr beim Einwechseln 72000 Dollar gebracht.

In einem halben Jahr würde sie ihre Piano-Bar eröffnen. Im Moment empfand sie bei dem Gedanken keine

Freude – aber sie wußte, in einem halben Jahr würde das anders sein.

Alle Liegestühle am Swimmingpool waren besetzt. Man döste in der Sonne, man plantschte im Wasser herum, man hielt die Stewards auf Trab mit den Bestellungen für kühle Drinks und kleine Snacks.

Petra ließt sich braten. Hin und wieder machte sie Irene, die einen Schattenplatz unter den Decksvorbauten hatte, einen Besuch und ließ sich von ihr den Rücken einölen. Jetzt war es wieder an der Zeit. Sie kniete sich vor die Freundin hin und machte einen Katzenbuckel. Das rote Haar hatte sie aufgesteckt, damit die Sonne auch an ihren Hals kam. Seit Irene mit dem Motorboot der *Sea Cloud* zur *Berlin* zurückgebracht worden war, versuchte Petra herauszubringen, ob sie mit Mike Vanderbilt geschlafen hatte oder nicht. Es ließ ihr keine Ruhe. Auch jetzt fing sie wieder damit an. »Gib's doch endlich zu. Du hast mit ihm geschlafen. Ich seh's dir an. Jeder sieht's dir an. Du bist eine andere. Man riecht es förmlich. Also komm, sag schon, wie ist er im Bett, mittel, gut oder super?«

Irene gab Petra die Flasche mit dem Sonnenöl zurück und streckte sich wieder auf dem Liegestuhl aus. Ihre Augen waren hinter einer Sonnenbrille verborgen. »Du bist eine Nervensäge.«

»So eine Geheimnistuerei! Was ist schon dabei?«

»Soll ich dir ein Märchen erzählen?«

»Zier dich doch nicht so. Ich erzähl' dir doch auch immer alles.«

»Mit dir konnte ich es noch nie aufnehmen.«

In Petras Blick kam etwas Lauerndes. »Heißt das, er war nicht so gut. Na ja, da geht's einem Vanderbilt eben auch nicht besser als anderen Männern. Das erste Mal ist meistens eine Pleite. Hat er Haare auf der Brust? Also ich mag das, so richtig schön animalisch...«

»Du bist schlimmer als der Fluch der Pharaonen.«

Petra blieb hartnäckig. »Geht mit einem Mann ins Bett und weiß nachher nicht, ob er Haare auf der Brust hat oder nicht.«

Ein Steward erschien in der Nähe mit einem enormen Strauß lachsfarbener Rosen. Er blickte sich um, fragte einen anderen Steward und kam dann zu Irene. »Frau Krüger?«

Irene setzte sich auf. »Ja, das bin ich.«

»Blumen für Sie und ein Telegramm.«

»Danke.« Die Rosen waren in Zellophan eingepackt, aber in ihrer Freude glaubte Irene, den Duft der Blumen durch das Papier einzuatmen.

»Jetzt bist du überführt«, war Petras Kommentar. »Die Blumen sagen alles, lachsfarbene Rosen. Komm, mach das Telegramm auf, vielleicht ist es ein Heiratsantrag.«

Irene hätte viel darum gegeben, allein zu sein. Sie legte die Blumen neben den Liegestuhl und öffnete das Telegramm.

»Vorlesen«, drängte Petra.

Irene wurde ungeduldig. »Könntest du einen Moment still sein, oder muß ich in die Kabine gehn, um meine Ruhe zu haben.«

»Sei doch nicht gleich so empfindlich. Schließlich hab' ich dich zu der Reise überredet, du verdankst es mir, daß du diesen Vanderbilt getroffen hast. Ich werde mich wohl noch freuen dürfen für dich. Genau das habe ich mir immer für dich gewünscht, eine große Romanze.«

»Petra, bitte.«

»Ich lass' dich sofort in Ruhe, ich möchte nur wissen, was er schreibt, dann verschwinde ich.«

Irene hatte das Telegramm gelesen, und ein Lächeln trat auf ihr Gesicht. »Da«, sie hielt das Telegramm der überraschten Petra hin, »lies es selber.«

Petra nahm das Telegramm und las halblaut: »Somewhere between the Moon and St. John's. So long, Mike.« Sie blickte Irene ratlos an. »Was soll das, auch auf deutsch macht das keinen Sinn, irgendwo zwischen dem Mond und St. Johann... na hör mal.«

Irene brach in Lachen aus und nahm Petra das Telegramm wieder weg. »Das Telegramm ist für mich bestimmt, und ich verstehe es.«

Petra erhob sich. »Ihr scheint zusammenzupassen«, brummte sie und ging zurück zu ihrem Platz an der Sonne.

Irene saß da mit dem Telegramm in den Händen: »Somewhere between the Moon and St. John's...« Seit sie von Bord der *Sea Cloud* gegangen war, redete sie sich ein, es sei ein wunderschöner Tag, mehr wird nie sein. Also erwarte nicht mehr. Doch jetzt wußte sie, sie hatte dauernd auf ein Zeichen von Mike gewartet. Das Zeichen war gekommen. Somewhere between the moon and St. John's.

Sie brachte die Rosen in die Kabine und bat um eine Vase. Der Steward mußte die größte bringen, die es an Bord gab.

Dann schaute sie im Reiseprogramm nach, wo St. John's lag und wann die *Berlin* dort sein sollte.

Morgen. Sie irrte sich nicht, morgen.

Irene wurde ganz heiß vor Freude. Morgen, sang ihr Herz, morgen, und ihr Kopf spöttelte: »Jetzt hat das Südseefieber auch dich erwischt.«

Antigua

Am frühen Morgen ging die *Berlin* in der natürlichen Reede von English Harbour vor Anker. Kapitän Krüger überwachte persönlich die Manöver. Die Fahrtrinne war sehr schmal; Schiffe von der Größe der *Berlin* wagten sich nur selten hinein. In der kleinen Bucht war das eine Sensation. Die Skipper der Segelyachten erschienen alle an Deck. Ihre Kommentare über das Kreuzfahrtschiff waren nicht gerade freundlich, sie empfanden das große Schiff als unerwünschten Eindringling.

Gegen zehn Uhr begann das Ausschiffen. Mit einer Motorbarkasse, in der 40 Personen Platz hatten, brachte man die Passagiere an Land.

Irene und Petra standen an Deck und hielten Ausschau nach der *Sea Cloud*. Boote gab es viele, doch einen Dreimaster konnten sie nicht entdecken. Petra kommentierte schnoddrig: »Mister Vanderbilt ist der Wind ausgegangen. Vor dem Wind sind eben alle Menschen gleich, da hat's ein Vanderbilt auch nicht besser.«

Stefan kam übers Deck. »Guten Morgen, ihr Hübschen! Bereit für den Landausflug?«

Petra gab ihm einen Kuß. »Wir schaun uns die Augen nach der *Sea Cloud* aus.« Stefan schien überrascht. »Sollte die hier sein?« Sein Blick ging fragend zu Irene, und sie antwortete: »Ja. Mike hat gestern ein Telegramm geschickt, daß er nach St. John's kommt. Aber die *Sea Cloud* ist nicht hier. Was kann da los sein?«

»Ganz einfach – das hier ist nicht St. John's, das ist English Harbour.«

Irene erschrak. »Laut Reiseprogramm sind wir heute in St. John's.«

»Ich kann's nicht ändern, das ist English Harbour. Kapitän Krüger hat das Reiseprogramm geändert. Er möchte die Passagiere damit für die entgangenen Bermudas entschädigen. Und er hat ja recht, es gibt nichts Schöneres als diese verträumte Bucht.«

»English Harbour«, murmelte Irene enttäuscht. »Ist das weit weg von St. John's?«

»Na ja, ziemlich weit, wir sind hier im Süden, und St. John's ist auf der Nordseite der Insel.«

»English Harbour«, mischte Petra sich ein. »Wieso English Harbour? Wir haben mit Mister Vanderbilt ein Rendezvous in St. John's. Jetzt ist er dort, und wir sind hier. Zu dumm – bitte, Stefan, lauf zum Funker. Sprich mit der *Sea Cloud*, und sag Mister Vanderbilt, er soll schnell herkommen.«

»Wird gemacht, für euch tu' ich ja alles.« Petra hielt ihn fest. »Moment, wie weit ist es wirklich von St. John's bis hierher?«

»Das kommt auf den Wind an.« Stefan schaute aufs Meer hinaus. »Heute ist nicht viel los, das ideale Wetter zum Wasserskifahren.«

»Spar dir deine blöden Witze«, rief Petra ihm nach.

Es dauerte eine Weile, bis Stefan zurückkam. »Die *Sea Cloud* antwortet nicht. Tut mir leid, ich habe dem Funker eingeschärft, es weiter zu versuchen.« Er sah Irenes enttäuschtes Gesicht und versicherte ihr: »Ich werde mich persönlich drum kümmern, ich hab' heute Dienst. Wahrscheinlich ist die *Sea Cloud* schon unterwegs.«

»Aber sie wissen ja gar nicht, daß wir hier in English Harbour sind.«

»Irgendwann wird der Funker schon durchkommen.« Stefan wandte sich zum Gehen. »Also dann wünsch ich euch einen schönen Tag in English Harbour.« Er gab Petra einen Kuß auf die Wange. »Bleib mir treu.« Sie hielt ihn fest. »Gib uns dein Fernglas. Irene wird sowieso nichts anderes tun, als aufs Meer starren.«

Er nahm das Fernglas vom Hals. »Aber nicht verlieren.«

Das Schiff hatte sich geleert; über Mikrophon wurde durchgegeben, die nächste Barkasse lege in wenigen Minuten ab. »Komm«, Petra hakte sich bei Irene unter, »dann laß uns mal auf Nelsons Spuren wandeln.«

Irene drückte Petras Arm. »Du, sei mir nicht böse, ich komm' nicht mit. Vielleicht ist die *Sea Cloud* schon in zwei Stunden da. Ich möchte nicht gerade ein altes Pulvermagazin besichtigen, wenn Mike einläuft.«

Petra musterte Irene: »Du hättest die ganze Zeit mit ihm zusammen sein können. Also, wenn mir ein Vanderbilt sein Himmelbett anbietet, lauf' ich nicht weg.«

»Du nicht, aber ich bin anders. Ich brauche Zeit.«

»Zeit. Warten ist verlorene Zeit.«

Irene lächelte plötzlich. »Dornröschen hat hundert Jahre gewartet.«

Petra schnitt eine Grimasse. »Na dann viel Vergnügen, Dornröschen, und hoffentlich hat Mister Vanderbilt eine Heckenschere bei sich.«

An Land gab es für die Passagiere im *Admiral's Inn* erst einmal einen Drink, so farbenprächtig und eisgekühlt, daß man den vielen Rum kaum merkte. Die Inhaberin, eine hübsche Kreolin mit einem harten Lächeln, das sie den Amerikanern abgeschaut hatte, saß in ihrer Loge neben der Treppe und wachte darüber, daß die drei eleganten Kellner – alle in schwarzen Hosen, weißem Hemd und schwarzer Fliege – keinen Gast übersahen.

Hinter dem Haus standen die Busse für den Ausflug nach Shirley Heights bereit, und die Fremdenführer trieben ihre Schäfchen zusammen. Max Leupold wäre gern mitgegangen. Der kleine Prospekt, den der Fremdenführer verteilt hatte, zeigte die ehemalige Garnison der britischen Marine. Eine imposante Anlage mit mehreren Forts, Geschützbatterien, Offiziersquartieren, einem Hospital, einem Pulvermagazin und einer Wasserkläranlage. Alle Gebäude, so sagte der Prospekt, waren mit Ziegelsteinen erbaut worden, die man von England per Schiff nach Antigua transportiert hatte. Auf der Rückkehr nach England nahmen die Schiffe als Ballast Rumfässer mit. All das hätte Max Leupold gern besichtigt, aber es gelang ihm nicht, die Neugier seiner Damen zu wecken. Einstimmig erklärten Monique und Gaby, sie wollten keine Kasernen und keine Kanonen sehen, sie wollten im Ort bleiben. Gutmütig und verliebt wie er war, unterwarf sich Max Leupold, und der Bus fuhr ohne ihn nach Shirley Heights.

Im Ort gab es die alte Schiffswerft mit dem ursprünglichen Slipway, Magazine, Schuppen, Zisternen. Im Nelson-Museum stand sein Empirebett, und unter einer Vitrine lag Nelsons Heiratsurkunde mit einer gewissen Frances Nisbeth, einer älteren Arztwitwe, die der 26jährige Post Captain aus Langeweile geheiratet hatte und zwei Jahre später, als er nach England zurückkehrte, um berühmt zu werden, sitzenließ.

Max Leupold betrachtete die Miniatur der Frances Nisbeth mit ihrem Hamstergesicht. »Jetzt versteh' ich, warum Nelson ein Held wurde, lieber früh sterben, als mit so einer Frau zusammen sein.« Er sah seine Monique an und dachte, wenn eine Frau so hübsch ist und so sexy, braucht sie sich nicht auch noch für alte Kasernen zu interessieren.

Sie kauften Postkarten, für Gaby ein T-Shirt und für Monique eine Kette aus winzigen blauen Muscheln. Dann kehrten sie zurück zum *Admiral's Inn*, um eine Kleinigkeit zu essen. Auf dem Weg entdeckten sie eigenartige wuchtige Säulen mit wulstigen Kapitellen, die, ohne Gebälk und Dach zu tragen, am Küstensaum standen.

»Das muß ein römischer Tempel sein«, rief Monique, »das ist ja unglaublich, ein römischer Tempel in der Karibik.«

Sie gingen näher, und Max Leupold holte den Prospekt heraus. »Das ist kein Tempel, das war ein Schwimmdock, 1797 erbaut und 1841 bei einem Erdbeben zerstört. Früher hatte das Ganze ein Dach, und in dem Dach war die Segelmacherei.«

»Das mußt du photographieren«, bat Monique, »für mich bleibt es ein Tempel, ein Tempel im Wasser, unglaublich schön.«

Max Leupold photographierte die Säulen und dachte, in Zukunft werde ich ihr nur immer Tempel versprechen und nichts von Kasernen sagen.«

Die Klänge einer Steelband erfüllten die Luft, und auf der Terrasse vor dem *Admiral's Inn* – die Tische hatte man zur Seite gerückt – wurde getanzt. Der Gastgeber und Organisator dieser Überraschungsparty am Nachmittag war Jürgen Kling. Die Idee war ihm beim Welcome-Drink am Morgen gekommen. Maja hatte wieder mal Migräne und lag in der verdunkelten Kabine, aber er wußte genau, es fehlte ihr nichts, sie versteckte sich bloß vor Toni Becker. Seit Nassau ging das so. Jetzt hatte Jürgen das Theater satt. Er hatte 15 000 Mark für die Reise hingeblättert, und er fand, Maja müßte sich zusammenreißen. Mit dieser Party wollter er sie dazu zwingen, über ihren eigenen Schatten zu springen. Und es schien zu funktionieren. Beim ersten Drink war sie noch still gewesen, beim zweiten lebte sie auf, und jetzt tanzte sie seit einer halben Stunde. Im Moment war Gasparis ihr Partner. Er wirbelte sie herum, daß ihr weiter, zitronengelber Seidenrock nur so flog.

Jürgen stand am kalten Buffet und saugte genüßlich an einer Riesencrevette. Unter den Bäumen, neben der Terrasse, sah er Toni Becker auftauchen. Er war in Uniformhemd und Hose, aus dem offenen Hemd blitzte ein dünnes goldenes Kettchen mit einem Amulett. Er sprach mit verschiedenen Leuten, und dann, als auf der Tanzfläche ein Wechsel stattfand, ging er zu Maja.

Jürgen blieb fast ein Stück Crevettenfleisch im Hals stecken. Das war die Höhe, Toni Becker forderte Maja zum Tanzen auf.

Maja hatte Toni zu spät gesehen, sonst wäre sie bestimmt schnell verschwunden. Plötzlich stand er da. »Wie wär's mit uns beiden?« Unbefangen, kühl, selbstsicher. Maja zitterten die Knie, aber sie lächelte: »Warum nicht.«

Die Steelband spielte einen Elvis Presley-Rock. Das war nicht gerade Tonis Stärke, er schob Maja mehr oder weniger rhythmisch hin und her. »Bist du mir immer noch böse?« Sie machte eine Drehung, bevor sie antwortete. »Wie kommst du drauf, ich sei dir böse?«

»Ich wollte dir nicht weh tun.«

»Ich glaube, ihr Männer leidet alle an Selbstüberschätzung. Ihr nehmt euch zu wichtig.«

»Du hast mir einen schönen Schrecken eingejagt, als du mitten in der Nacht aufgekreuzt bist.«

»Das war meine Absicht. Ich wollte dich prüfen.«

Toni zog sie näher an sich. Sie reizte ihn. Er drückte einen Kuß auf ihren Hals. »Ich möchte dich wiedersehen, hörst du, bald...«

Jürgen legte von hinten die Hand auf Tonis Schulter. »Keine künstliche Beatmung, mein Lieber, getanzt wird mit den Füßen.«

Toni blieb stehen, aber er ließ Maja nicht los.

»Lassen Sie mich zufrieden«, gab Toni arrogant zurück. Er faßte Maja um die Taille und wollte weitertanzen.

Jürgen sah rot. »Vielleicht verstehen Sie das besser«, stieß er hervor. Gewaltsam trennte er Toni von Maja und schlug zu. Toni konterte. Maja rief: »Jürgen! Jürgen nicht!«

Neben der Terrasse begann der Rasen. Jürgen konnte einen zweiten Faustschlag bei Toni landen, und diesmal traf er voll. Toni torkelte rückwärts; auf den flachen Stufen, die zum Rasen führten, stolperte er und stürzte zu Boden. Jürgen packte ihn am Hemd, riß ihn hoch und holte wieder aus, aber Toni duckte sich, Jürgens wuchtiger Schlag ging ins Leere, und er verlor das Gleichgewicht. Im Sturz packte er Toni an der Schulter und riß ihn mit zu Boden.

Keuchend wälzten sie sich im Gras. Die Musik spielte weiter, aber die Leute tanzten nicht mehr. Alle verfolgten den Kampf.

Stefan fand es an der Zeit einzugreifen, es durfte nicht sein, daß sich der Schiffsarzt mit einem Passagier prügelte. Er trennte die beiden.

Jürgen und Toni rappelten sich auf. Die weißen Hosen waren grün und braun, die Hemden hingen heraus. Beide standen da, blickten an sich herunter und stopften die Hemden in die Hosen. Ein Blick ging zwischen ihnen hin und her, ein zweiter, und plötzlich begannen beide zu lachen. Toni streckte Jürgen die Hand hin. Es sah aus wie nach einem Sportkampf, wo der Verlierer dem Sieger gratuliert. »Ihre Hand ist wieder tadellos in Ordnung«, sagte Toni.

»Du hast was versäumt, Irene.« Petra ließ sich aufs Bett fallen und streifte die Schuhe ab. »Diesmal hast du wirklich was versäumt.«

Irene, die vor dem Toilettentisch saß und sich für den Abend schönmachte, fragte ohne Neugier: »Eine neue Eroberung?«

»Jürgen Kling hat Dr. Becker, den Schiffsarzt, verprügelt. Aus heiterem Himmel. Dr. Becker tanzte mit der Frau von Kling, plötzlich ging Kling dazwischen und gab Becker einen Kinnhaken. Ich sage dir, dieser Jürgen Kling ist ein rabiater Bursche. Stefan mußte eingreifen, sonst hätten die zwei sich übel zugerichtet. Offenbar eine Eifersuchtsgeschichte. Hättest du das dieser Maja zugetraut? Die wirkt doch eher brav.«

»Sag mir lieber, ob du die *Sea Cloud* gesichtet hast.«

»Die *Sea Cloud*? Hast du nichts mehr gehört? Hat der Funker sie nicht erreicht?«

»Ich habe nichts gehört, weder vom Funker noch von Stefan.«

Petra erhob sich vom Bett und schlüpfte in die Schuhe.

»Das werden wir gleich haben. Ich geh' selber zu Stefan, der weiß sicher, wann sie kommt.«

Irene hatte sich vom Spiegel weggedreht. »Das ist wahnsinnig lieb von dir.«

Petra sah ihre Freundin an und wurde einen Moment ganz still. »Und du siehst wunderschön aus. Deine Disziplin möchte ich auch mal haben. So ein Schönheitstag. Du siehst aus, als hättest du dich den ganzen Tag nur schöngemacht.«

»Ist das ein Kompliment?«

»Nein, es ist gelber Neid.«

Stefan war nicht auf der Brücke, und der Steuergänger konnte Petra nicht sagen, wo der Erste Offizier war. Bevor ich das Schiff absuche, versuch' ich's mal in seiner Kabine, dachte sie. Die Tür war nicht verschlossen, und sie trat ein. »Stefan –« Keine Antwort. Dann sah sie das zerwühlte Bett. Am Boden lagen hochhackige Damenpumps, ein BH, eine Flasche Sekt, zwei Gläser.

Aus der Dusche kamen Geräusche. Durch die erleuchtete Mattglasscheibe sah Petra die Silhouette eines Mannes und einer Frau. »Guuut, ja guut so, jaaa – so ist es guuut –«, gurrte die Frau. Petra stand da, hörte die Stimmen, sah die zwei Körper, die zu einem wurden und dachte immer nur eines: Dieser Hundesohn, dieser Hundesohn. Dann ließ sie ihrer Wut freien Lauf. Sie nahm eines der Gläser und feuerte es gegen die Duschkabine, nahm das zweite Glas und feuerte auch das gegen die Duschkabine. Dann rannte sie aus der Kabine und schmetterte die Tür hinter sich zu. Am Ende des Korridors lief sie Stefan in die Arme. Sie starrte ihn an wie einen Geist. »Du –«

»Was ist los?«

»Ich dachte, du bist in deiner Kabine.«

»Du warst bei mir?«

»Ja.«

»Der arme Uwe, ich wollte ihm einen Gefallen tun, daß

er mal 'ne sturmfreie Bude hat und...«, er brachte den Satz nicht zu Ende und lachte.

Petra stimmte nicht ein. Sie schüttelte den Kopf. »Du bist wohl der Volksbeglücker vom Dienst. Du solltest ein Schildchen anstecken, für alle, die's noch nicht wissen: Volksbeglücker erster Klasse.«

»Ich bin eben sozial veranlagt.«

»So kann man's auch nennen.« Sie ließ ihn stehen, ohne nach der *Sea Cloud* zu fragen.

Für das festliche Dinner, das Kapitän Krüger an diesem Abend gab – ein Dinner bei Kerzenschein – hatte er den runden Tisch im Speisesaal ausziehen und zu einer ovalen Tafel vergrößern lassen, so daß seine fünfzehn Ehrengäste bequem Platz hatten. Er selber saß am Kopf der Tafel, ihm gegenüber, am anderen Ende, residierte Tutti von Falkenhayn, für diesen Anlaß offiziell zur First Lady avanciert.

Die Tischordnung hatte Kapitän Krüger einiges Kopfzerbrechen bereitet. Er hatte darüber mit seiner alten Freundin diskutiert. Sollte man die Paare trennen oder nicht? Nein, entschied Tutti. Max und Monique waren frisch verheiratet, Jürgen und Maja kaum versöhnt. Schließlich blieb nur die Frage, wohin mit Gaby. Kapitän Krüger fand die salomonische Lösung und setzte Gaby links neben sich. Den rechten Platz hatte er Irene zugedacht.

Die vielen Jahre als Kreuzfahrtkapitän hatten Krüger gelehrt, daß zu einem festlichen Abend ein festes Menü gehört; beim Wählen à la carte passierten zu leicht Pannen im zeitlichen Ablauf. Nichts war in seinen Augen schlimmer als ein Tisch, an dem die Mehrzahl bereits das Schnitzel auf dem Teller hatte, während andere noch beim Matjeshering der Vorspeise waren und ein Pechvogel gar noch auf die Suppe wartete.

Er wollte seinen Gästen mehr bieten als nur gute Speisen, er wollte sie verwöhnen, ihre Phantasie anregen, kurz, sie sollten sich rundherum wohl fühlen. Zur Einstimmung ließ er roten Krimsekt reichen. Er wählte dafür flache Schalen, die am Rand mit einer tropischen Blüte verziert waren. Ein kleines Stück Trockeneis, das im Sekt schwamm, entwickelte geheimnisvolle Nebelschwaden. Die Gäste waren entzückt, und Gaby meinte blasiert, in Zukunft würde sie auch ihre Himbeerlimonade immer so trinken.

Als Vorspeise servierte man ein Lachsfilet Myschkin. Dabei handelte es sich nicht um eine dünne Scheibe, durch die man den Teller sah, Gott behüte, das Filet war fingerdick geschnitten. Zwei ovale Stücke, in der Mitte des Tellers zusammengerückt, ergaben die Form eines Herzens. Dieses Herz aus Lachs war eingerahmt von verschiedenen bunten Kleinigkeiten, von knackigen Radieschen, einem Häufchen Dillmousse, sternförmig geschnittenen Scheiben von Zitronen, Kiwis und harten Eiern.

Die Qualität des Lachsfilets, die Zartheit, das feine Aroma, begeisterte selbst einen kulinarischen Snob wie Gasparis. Sonst endeten seine Kommentare unvermeidlich damit, daß er einen Ort kannte – natürlich ein französisches Drei-Sterne-Restaurant –, wo man das noch besser machte, beim Lachs jedoch rief er über die Tafel: »Käptn Krüger, den Lieferanten müssen Sie mir verraten.«

Dem Lachs folgte, in einer winzigen Tasse serviert, etwas, das sich schlicht Bouillon nannte, in Wirklichkeit aber alter Sherry war, mit etwas Bouillon abgeschmeckt, und die ideale Vorbereitung für den ersten Hauptgang, Stubenküken und Champagner – Risotto. Für die Optik sorgte eine Garnitur kleiner Tomaten und Broccolirosetten. Das Kükenfleisch war saftig und rosig, das Risotto mit Biß, und die goldgelbe, durchsichtige, seidenweiche Sauce war ein Meisterwerk. Die Damen fühlten sich als Köchinnen herausgefordert. Womit war diese raffinierte Sauce gemacht, womit war sie gewürzt. Man unterbrach die Gespräche, und ein allgemeines Raten begann.

»Zitrone?«

»Zitrone ist sauer – und diese Sauce ist alles andere als sauer.«

»Ingwer?«

»Niemals, Ingwer ist seifig und penetrant, Ingwer kann es auch nicht sein.«

Monique – in einem sonnengelben Organzakleid – nahm nochmals eine Löffelspitze von der Sauce und sagte vorsichtig: »Ich tippe auf ein chinesisches Rezept, die Sauce ist mit Reispulver gebunden, und eines der Gewürze könnte Zitronenpfeffer sein, dazu vielleicht etwas Limonenschale und der Absud kandierter Orangen.«

Gaby blieb vor Staunen der Mund offenstehen. Sie wechselte einen Blick mit ihrem Vater und rief in die Stille hinein: »Monique kann kochen!«

Das Raten ging noch eine Weile weiter, und von da an sprach man eigentlich nur noch vom Essen. Gasparis brillierte mit französischen Leckerbissen, Kapitän Krüger schwärmte von dem Apfelauflauf seiner Mutter, Cherry Caroll setzte die Fischsuppe bei *Nano* in St. Tropez über alles. Tutti pries das Filet Bojarski im *Hotel Sacher*.

»Irene«, rief Gasparis über den Tisch, »Sie schweigen vor sich hin, das ist nicht fair. Bitte verraten Sie uns, was ist Ihre Lieblingsspeise oder Ihr Lieblingslokal oder was immer.«

Alle Blicke richteten sich auf Irene, die rechts von Kapitän Krüger saß. Sie trug ein Kleid aus feiner, indischer Seide mit einem dünnen Goldstreifen und keinen Schmuck. Während alle um sie herum lebhaft sprachen und gestikulierten, saß sie da wie ein schönes stilles Bild. Ihre Gedanken waren auf einem anderen Schiff.

Gasparis ließ nicht locker. »Wenigstens Ihr Lieblingsgetränk, ganz von der Luft können auch Sie nicht leben.«

»Ein Bellini«, antwortete sie, ohne zu zögern.

»Bellini?« kam es von Gaby. »Was ist das? Sind das diese fetten Würstchen aus Eselsfleisch?«

Alle lachten.

»Nein, das ist ein Drink«, sagte Irene, »den gibt es in Harry's Bar in Venedig. Ein Bellini und ein Käsetoast in Harry's Bar, das hab' ich gern.«

»Und wie ist der Drink? Wir wollen es ganz genau wissen.«

»So genau weiß ich das auch nicht, pürierte weiße Pfirsiche, etwas Apricot Brandy mit Asti Martini.«

»Asti Martini, wo bekommt man Asti Martini?«

»Ich kenne nur das Carpaccio in Harry's Bar – das ist einsame Klasse.«

»Überhaupt Venedig. Die Venezianer verstehen zu kochen...«

»Ich ziehe die Küche von Piemont vor.«

»Also, wenn ich mich entscheiden müßte, noch ein letztes Mal zu essen, dann möchte ich nach Paris ins *Lips* und einen Teller Choucroute – hält vor bis zur Himmelspforte.«

»Meine Abschiedsmahlzeit wäre eine Aalsuppe mit Backpflaumen und Rosinen und Mandeln.«

Die Welt verwandelte sich in ein Schlaraffenland, wo die gebratenen Täubchen herumflogen, wo die Berge Marmorkuchen waren, die Seen mit Champagner gefüllt, jeder Stein aus Karamel und die Blumen aus Marzipan. Alle redeten durcheinander, alle waren wieder Kinder und versuchten, einander zu übertrumpfen.

Kapitän Krüger war glücklich. Das war eine Tafelrunde nach seinem Herzen. Was gab es Schöneres als beim Essen übers Essen zu reden. Es war wie in der Liebe, die Erinnerung an frühere Genüsse steigerten den Appetit. Und wie in der Liebe wurde in der Erinnerung alles noch ein bißchen schöner und wunderbarer.

Jürgen benutzte diesen Moment und legte Maja ein kleines Etui aus dunkelblauem Leder in die Hand, das mit einer goldenen Schnur zusammengehalten war.

Maja sah ihn erstaunt an. »Was ist das?«

»Aufmachen.«

Maja löste die goldene Schnur und öffnete das Etui. Auf blauem Samt lag ein goldener Ring mit einem hellen Stein. Das Blut stieg ihr ins Gesicht. »Jürgen –«

»Steck ihn an.«

Maja nahm den Ring aus dem Etui und streifte ihn über den Finger. »Paßt wie angegossen...«, sie suchte nach Worten, »der Stein ist wunderschön.«

»Eine Engelskoralle.«

Sie beugte sich zu ihm und gab ihm einen Kuß auf die Wange. »Eine Engelskoralle... aber wie wußtest du meine Ringgröße?«

Jürgen plusterte sich auf. »Na hör mal, ich bin sieben Jahre mit dir verheiratet!« Er griff in die Brusttasche des Dinnerjacketts. »Zur Sicherheit habe ich natürlich das da zum Juwelier mitgenommen.« Er hielt ihr den Ehering hin.

Maja war sichtlich verwirrt. »Ich dachte, ich hätte ihn verloren.«

Jürgen sah ihr fest in die Augen. »Möchtest du ihn wiederhaben? Überleg es dir, bevor du ja sagst, es gilt für die nächsten sieben Jahre.«

Majas Stimme war tonlos. »Ja.«

Jürgen steckte ihr den Ehering an: »Für die nächsten sieben Jahre.«

Bisher hatte die Kapelle gespielt, was Stefan das Grand-Hotel-Potpourri nannte, jetzt wechselten sie zum Discosound, und die ersten Paare gingen auf die Tanzfläche. An den Tischen servierte man Minzensorbet, als appetitanregende Vorbereitung für den zweiten Hauptgang: Rehmedaillons Esterhazy, Kartoffelpüree, glacierte Kastanien, Cognacpflaumen und Preiselbeeren.

Während die anderen aßen, schob Irene die Speisen auf ihrem Teller nur hin und her, ein Rehmedaillon nach links, eines nach rechts, eine glacierte Kastanie nach links, eine nach rechts, ein Häufchen Kartoffelpüree nach links, eines nach rechts. Niemand achtete darauf, nur Kapitän Krüger registrierte es. »Keinen Appetit?« murmelte er halblaut.

»Doch, doch«, erwiderte sie gedankenlos, »es schmeckt sehr gut.«

Kapitän Krüger schmunzelte. »Also, wenn ich Ihren Teller anschaue, würde ich sagen, Sie sind verliebt«, er machte eine kleine Pause und sah ihr ins Gesicht, »und wenn ich Sie anschaue, würde ich sagen, Sie sind irgendwo weit weg mit Ihren Gedanken, also kann der Betreffende nicht hier sein.«

Irene lächelte. Sie mochte Kapitän Krüger. Er war ein Mann, bei dem Geheimnisse sicher gut aufgehoben waren, nur hatte sie nicht das Bedürfnis, ihr Geheimnis preiszugeben. Sie behielt es bei sich, wie eine Muschel ihr Lied.

Cherry Caroll schwenkte die Menükarte in der Hand: »Punkt Mitternacht beginnt meine Gala. Jeder hier am Tisch darf sich ein Lied wünschen.« Der Tisch dankte mit lautem Hallo, und die Karte begann zu wandern. Als sie bei Irene war, überflog sie die Titel. »Somewhere...« Nein, den Song aus »Arthur« wollte sie ohne Mike nicht hören. Irene borgte von Käptn Krüger einen Stift und schrieb *Fever* hin.

Die *Sea Cloud* glitt lautlos in die enge Einfahrt von English Harbour. Sie hatte die Segel gestrichen. Die drei Masten und das Filigran der Takelage standen schwarz vor dem hellen Nachthimmel. Die Toplichter brannten, und die Fenster der Deckshäuser waren erleuchtet.

In der äußeren Reede drehte sie gegen den Wind auf. Kommandos wurden über das Deck gerufen. Matrosen liefen zum Bug. Dann stand das Schiff still, und mit lautem Rasseln fiel der erste Anker; ein paar Minuten später warf man den zweiten.

Eine Weile ging es noch geschäftig zu an Bord, dann erloschen die Deckslichter, die Salonfenster wurden dunkel, und die *Sea Cloud* lag ruhig im stillen Wasser der Bucht.

Etwas später wurde ein Boot zu Wasser gelassen, legte ab und steuerte auf die *Berlin* zu.

Als Mike den Speisesaal der *Berlin* betrat, waren die Stewards gerade dabei, das Dessert zu servieren. Er stand neben der Tür, und an ihm vorbei wurden die Tabletts getragen. Der Duft von Himbeeren, Sabayone, Orangenparfait und Schokolade stieg ihm in die Nase.

Kuhn, der in der Nähe war, dachte, nanu, da ist plötzlich ein Fremder an Bord. Ein eleganter Bursche, weißer Blazer mit Clubzeichen, schwarze Hose, Lackschuhe, guter Typ, aber ich sehe ihn zum ersten Mal. Das ist kein Passagier von uns. Wie kommt der plötzlich an Bord? Er ging zu Mike: »Guten Abend, der Herr ...« In Mike's Blick war etwas, das ihn verstummen ließ.

»Man erwartet mich hier«, sagte Mike. »Bitte bringen Sie mich zum Tisch von Kapitän Krüger.«

Der Chefsteward ging voran. Mike folgte ihm. »Käptn Krüger, Sie bekommen Besuch.«

Krüger legte die Serviette weg und drehte den Kopf. »Mike«, rief er laut und sprang auf. »Da bist du ja endlich. Wir dachten nicht mehr, daß du kommst, du siehst, wir haben mit dem Essen angefangen.«

Krüger umarmte Mike, dann stellte er ihn dem Tisch vor. »Das ist Mike Vanderbilt von der *Sea Cloud*. Ich kenne ihn, seit er kurze Hosen trug und mit seinen Eltern auf der *United States* fuhr. Schon damals habe ich Sachen mit ihm erlebt, die sonst nur in Seemannsgeschichten vorkommen. Er ist sich treu geblieben. Seit Nassau verfolgt er uns mit seiner *Sea Cloud*. Ich dachte, wenn ich mich in English Harbour verstecke, findet er mich nicht, aber vor einem Piraten wie Mike ist kein Versteck sicher. Und jetzt ist er hier und will seine Beute haben. Meine Damen, Sie brauchen nicht um Ihren Schmuck zu zittern, Mike ist kein Pirat, der Schmuck raubt, er ist viel schlimmer, er ist gekommen, um Irene zu rauben. Moment«, er hielt Mike am Arm fest, »sei bloß froh, daß wir keine Kanonen an Bord haben, sonst hätten wir dir eine Seeschlacht geliefert. Du hast wieder mal Glück gehabt, aber du hast ja immer Glück.« Krüger ließ Mike los und wandte sich zu Irene, die mit glücklichem Gesicht dasaß: »Hier haben Sie Ihren Piraten.«

Irene und Mike umarmten sich stumm. Kapitän Krüger hob sein Glas, und alle folgten seinem Beispiel. »Auf die christliche Seefahrt und auf die Liebe!«

Die Kapelle spielte einen Tusch, und durch den Speisesaal ging ein Raunen und Tuscheln; auch Leute, die nicht wußten, was eigentlich vor sich ging und was gefeiert wurde, hoben die Gläser und bekamen leuchtende Augen.

Bald darauf kündigte ein zweiter Tusch den Beginn von Cherry Carolls Gala an. Scheinwerfer flammten auf, und die Sängerin, ganz in meergrünem Lamé, trat ans Mikrophon. Sie warf das lange, platinblonde Haar zurück und lächelte das Lächeln, das alle vom Fernsehen kannten. »Meine Damen und Herren –«, sie hob die Arme, »Showtime!« Mit dem Mikrophon in der Hand ging sie näher zu ihrem Publikum: »Als wir in Bremerhaven an Bord gingen, war das Wetter kühl, und wir alle waren Fremde und auch etwas kühl. Nach Coruña stiegen die Temperaturen, und so um den 42. Breitengrad…«, sie suchte mit dem Blick Kapitän Krüger, »ist das richtig, Käptn? – breitete sich an Bord ein geheimnisvoller Virus aus. Der Erste Offizier nennt es das Südseefieber. Es ist keine schlimme Krankheit, es ist mehr eine Verwirrung der Gefühle, ich glaube Sie wissen, was ich meine. Und darum beginne ich mit einem Lied von dem unvergeßlichen Elvis Presley. Sie haben's bereits erraten – *Fever*.«

Es wurde eine lange Nacht, eine Nacht, die kein Ende zu nehmen schien. Zuerst tanzte man im Speisesaal, dann ging man hinauf zum Aussichtsdeck, um das Feuerwerk anzuschauen, und dann tanzte man wieder. Auf Deck, in den Bars, im Club, überall tanzte man. Das ganze Schiff summte mit.

Passagiere, die sich nach dem Essen in die Kabine zurückgezogen hatten, kamen wieder heraus, mischten sich unter die anderen und feierten mit. Die Musik hörte nicht auf, die Gläser wurden nicht leer, und immer wieder knallten Champagnerkorken.

In der Stunde, als der Himmel sich im Osten hell färbte und sich glitzernde Tautropfen auf das Deck setzten, verließen Irene und Mike das Schiff und stiegen in den Boston Whaler. Auch hier war alles naß vom Tau, und Irene, die auf ihrem Koffer saß, fröstelte plötzlich. Leise tuckerte das Boot über die Bucht, zur *Sea Cloud*. Petra, Gasparis und Tutti standen an der Reling und winkten den beiden nach. Petra wäre keine Frau gewesen, wenn sie sich nicht gefragt hätte, warum gerade Irene so ein Glück hatte, aber ganz gegen ihre Natur behielt sie diesen Gedanken für sich.

Für Tutti von Falkenhayn hatte es so kommen müssen. Mit Orakelstimme sagte sie: »Ich hab's gewußt. Es stand in Irenes Karten. Es kam immer die Herz Neun.«

Eine Stunde später, kurz vor Sonnenaufgang, glitt die *Berlin*, an der *Sea Cloud* vorbei, langsam aus der Bucht von English Harbour.

Käptn Krüger stand auf der Brücke – auch er war übernächtigt und blickte zu der schlafenden *Sea Cloud* hinüber, die sich leise in der Dünung wiegte, und er sagte zu Stefan, der bei ihm war: »Glauben Sie an Seelenwanderung?«

»Warum?«

»Nur so.«